The Cambridge Modern French Series
Senior Group

GENERAL EDITOR : A. WILSON-GREEN, M.A.

SIX CONTES

PAR

GUY DE MAUPASSANT

T0382547

SIX CONTES

PAR

GUY DE MAUPASSANT

Edited by

HAROLD N. P. SLOMAN, M.A.

Cambridge:
at the University Press
1952

CAMBRIDGE UNIVERSITY PRESS
Cambridge, New York, Melbourne, Madrid, Cape Town,
Singapore, São Paulo, Delhi, Mexico City

Cambridge University Press
The Edinburgh Building, Cambridge CB2 8RU, UK

Published in the United States of America by Cambridge University Press, New York

www.cambridge.org
Information on this title: www.cambridge.org/9781107656192

First edition 1914
First published 1914
Reprinted 1916, 1917, 1920, 1923, 1925, 1930, 1941, 1945, 1948, 1952
First paperback edition 2013

A catalogue record for this publication is available from the British Library

ISBN 978-1-107-65619-2 Paperback

GENERAL INTRODUCTION

THE aim of the Cambridge Modern French Series is to offer to teachers French texts, valuable for their subject-matter and attractive in style, and to offer them equipped with exercises such as teachers who follow the Direct Method have usually been obliged to compile for themselves. The texts are arranged in three groups,— Junior, Middle and Senior,—designed, respectively, for pupils of 13 to 15, of 15 to 17 and of 17 to 19 years of age. It is hoped to bring into schools some of the most notable modern books,—novels and stories, memoirs, books of travel, history and works of criticism ; and further to give the pupil not only an opportunity of becoming acquainted with great books, but, at the same time, of reading them in such a way that he may gain in knowledge of French, in ability to write and speak the language, in sympathy with and interest in ' *France, mère des arts, des armes, et des lois.*'

It is with this end in view that the exercises are written. They follow, in the main, the lines of my Exercises on Erckmann-Chatrian's *Waterloo*, published by the Cambridge University Press in 1909. Some of the most distinguished teachers of French have expressed to me their approval of these exercises ; others have paid them the sincerest compliment in imitating them. Each exercise is based on a definite number of pages of the text and consists of: questions in French on (*a*) the subject-matter, (*b*) the words and idioms, (*c*) the grammar. In addition, in all the volumes of the Middle Group and in some of those of the other two Groups, English passages, based on the pages under review, are provided for translation into French. Where there is no translation, the number of questions is increased, and, in the Senior Group, opportunity is given for free composition. The intention is to catch in this fourfold net every important word and idiom ; often, to catch them even more than once. The questions on the subject-matter are not of the kind that may be answered by selecting some particular scrap of the text. They involve some effort of intelligence, some manipulation of the text. The general questions on words and idioms aim at showing how the words of the text may be used in quite other connections, in bringing them home to 'the business and bosoms' of the pupils, in building up the vocabulary by association, comparison, and word-formation. Often something will be learnt from the form of the questions, and every question should be answered with a complete sentence so that the repetition may help memory. The questions on grammar will serve to test oral work done in class. Each volume contains a systematic series of questions on verbs and pronouns with examples drawn, where possible, from the text, and besides, each exercise contains a question, or questions, on the grammar of the pages on which it is based. Lastly, vocabularies are provided for the convenience of those teachers who wish for translation into English, in addition to, or instead of, reading all in French. The editors of the different volumes have practical experience of the teaching of French. Our hope is that this new Series may make French teaching more intelligent and more real, and therefore more interesting and more effective; that it may help to give the pupil an interest in French ideas and ideals which he will not lose, and provide him in the classroom with an atmosphere not altogether alien to that of France itself, the other Fatherland, for

> Chacun a deux pays,
> Le sien et puis la France.

A. WILSON-GREEN.

East Cottage,
   Radley.
      February 1914.

The necessary arrangements for the reprinting of the following stories have been made through the courtesy of the representatives of the late GUY DE MAUPASSANT.

LES CONTES DE GUY DE MAUPASSANT

LES quelques contes présentés dans ce petit volume peuvent donner, il me semble, une idée assez juste et assez nette de la maîtrise surprenante dont Guy de Maupassant fait preuve en tous les genres. Je ne me propose pas de donner ici même une esquisse de la vie si tragique de notre auteur, quoique nul écrivain ne se reflète plus clairement dans ses œuvres : comme Frank Harris serait ravi d'en déduire sa biographie! Mais tout le monde peut trouver des notes biographiques d'un intérêt et d'un pathétique incomparables dans les mémoires qu'a publiés dernièrement son valet, François, et qu'on vient de traduire en anglais. Guy de Maupassant a écrit des romans émouvants, des vers élégants et sincères, des pièces de théâtre et des récits de voyage, mais c'est comme auteur de contes et de nouvelles que je me plais surtout à le rappeler. Il prend rang parmi les grands conteurs russes et parmi nos écrivains on ne peut rapprocher de lui qu'Edgar Allan Poë et Thomas Hardy. Il sait dès le commencement créer de quelques traits simples et sûrs l'atmosphère voulue ; et c'est peut-être dans le genre macabre et bizarre que son succès est le plus éclatant. A ce genre se rattachent dans nos contes, *Le Horla* et *Qui sait?* Ce sont ici ses propres expériences qu'il reproduit—ce qui les rend même plus émouvantes et terrifiantes ; car vers la fin de sa vie il est devenu victime d'hallucinations terribles, qu'il a lui-même fidèlement étudiées. Il produit ses effets si simplement—une phrase entrecoupée, une expression inattendue, qui ne disent pas beaucoup mais suggèrent tant, et voilà que le lecteur a la chair de poule, le sens confus d'une terreur menaçante : c'est ici qu'on peut le comparer à Poë.

Mais quand il rit, il rit de tout cœur, sans arrière-pensée ; par exemple, dans *Le Trou*, et, quoiqu'on puisse trouver un soupçon de malice quand il se moque de la bravoure des Allemands, dans *Les Prisonniers* et *Walter Schnaffs*. Et *Menuet*?—que dire de ce camée incomparable, si finement ciselé, ce récit d'un pathétique à faire pleurer et d'une si parfaite simplicité ? On ne peut décrire le charme de ce conte exquis, il faut l'éprouver.

Dans notre littérature anglaise rien de semblable. A vrai dire, le conte est un genre qui a peu réussi parmi nous : nous n'avons que des conteurs de deuxième classe. Notre langue est trop grave sans doute et ne peut atteindre la légèreté et la finesse de l'esprit français, insaisissable comme le parfum d'une rose. A la rigueur on pourrait rapprocher de ce genre d'ouvrages les contes de Conrad, mais l'auteur est...Polonais.

H. N. P. S.

February 1914

TABLE

LE HORLA

• • • • • •

8 *mai.*—Quelle journée admirable! j'ai passé toute la matinée étendu sur l'herbe, devant ma maison, sous l'énorme platane qui la couvre, l'abrite et l'ombrage tout entière. J'aime ce pays, et j'aime y vivre parce que j'y ai mes racines, ces profondes et délicates racines, qui attachent un homme à la terre où sont nés et morts ses aïeux, qui l'attachent à ce qu'on pense et à ce qu'on mange, aux usages comme aux nourritures, aux locutions locales, aux intonations des paysans, aux odeurs du sol, des villages et de l'air lui-même.

J'aime ma maison où j'ai grandi. De mes fenêtres, je vois la Seine qui coule, le long de mon jardin, derrière la route, presque chez moi, la grande et large Seine qui va de Rouen au Havre, couverte de bateaux qui passent.

A gauche, là-bas, Rouen, la vaste ville aux toits bleus, sous le peuple pointu des clochers gothiques. Ils sont innombrables, frêles ou larges, dominés par la flèche de fonte de la cathédrale, et pleins de cloches qui sonnent dans l'air bleu des belles matinées, jetant jusqu'à moi leur doux et lointain bourdonnement de fer, leur chant d'airain que la brise m'apporte, tantôt plus fort et tantôt plus affaibli, suivant qu'elle s'éveille ou s'assoupit.

Comme il faisait bon ce matin!

Vers onze heures, un long convoi de navires, traînés par un remorqueur, gros comme une mouche, et qui râlait de peine en vomissant une fumée épaisse, défila devant ma grille.

Après deux goëlettes anglaises, dont le pavillon rouge ondoyait sur le ciel, venait un superbe trois-mâts brésilien, tout blanc, admirablement propre et luisant. Je le saluai, je ne sais pourquoi, tant ce navire me fit plaisir à voir.

12 *mai.*—J'ai un peu de fièvre depuis quelques jours ; je me sens souffrant, ou plutôt je me sens triste.

D'où viennent ces influences mystérieuses qui changent en découragement notre bonheur et notre confiance en détresse ? On dirait · que l'air, l'air invisible est plein d'inconnaissables Puissances, dont nous subissons les voisinages mystérieux. Je m'éveille plein de gaîté, avec des envies de chanter dans la gorge.—Pourquoi ?—Je descends le long de l'eau ; et soudain, après une courte promenade, je rentre désolé, comme si quelque malheur m'attendait chez moi.—Pourquoi ?—Est-ce un frisson de froid qui, frôlant ma peau, a ébranlé mes nerfs et assombri mon âme ? Est-ce la forme des nuages, ou la couleur du jour, la couleur des choses, si variable, qui, passant par mes yeux, a troublé ma pensée ? Sait-on ? Tout ce qui nous entoure, tout ce que nous voyons sans le regarder, tout ce que nous frôlons sans le connaître, tout ce que nous touchons sans le palper, tout ce que nous rencontrons sans le distinguer, a sur nous, sur nos organes et, par eux, sur nos idées, sur notre cœur lui-même, des effets rapides, surprenants et inexplicables.

Comme il est profond, ce mystère de l'Invisible ! Nous ne le pouvons sonder avec nos sens misérables, avec nos yeux qui ne savent apercevoir ni le trop petit, ni le trop grand, ni le trop près, ni le trop loin, ni les habitants d'une étoile, ni les habitants d'une goutte d'eau…avec nos oreilles qui nous trompent, car elles nous transmettent les vibrations de l'air en notes sonores. Elles sont des fées qui font ce miracle de changer en bruit ce mouvement et par cette métamorphose donnent naissance à la musique, qui rend chantante l'agitation muette de la nature…avec notre odorat, plus faible que celui du chien…avec notre goût, qui peut à peine discerner l'âge d'un vin !

Ah ! si nous avions d'autres organes qui accompliraient en notre faveur d'autres miracles, que de choses nous pourrions découvrir encore autour de nous !

16 *mai.*—Je suis malade, décidément ! Je me portais si bien le mois dernier ! J'ai la fièvre, une fièvre atroce ou plutôt un énervement fiévreux, qui rend mon âme aussi souffrante que mon corps. J'ai sans cesse cette sensation affreuse d'un danger menaçant, cette appréhension d'un malheur qui vient ou de la mort qui approche, ce pressentiment qui est sans doute l'atteinte d'un mal encore inconnu, germant dans le sang et dans la chair.

18 *mai.*—Je viens d'aller consulter mon médecin, car je ne pouvais plus dormir. Il m'a trouvé le pouls rapide, l'œil dilaté, les nerfs vibrants, mais sans aucun symptôme alarmant. Je dois me soumettre aux douches et boire du bromure de potassium.

25 *mai.*—Aucun changement ! Mon état, vraiment, est bizarre. A mesure qu'approche le soir, une inquiétude incompréhensible m'envahit, comme si la nuit cachait pour moi une menace terrible. Je dîne vite, puis j'essaye de lire ; mais je ne comprends pas les mots ; je distingue à peine les lettres. Je marche alors dans mon salon de long en large, sous l'oppression d'une crainte confuse et irrésistible, la crainte du sommeil et la crainte du lit.

Vers deux heures, je monte dans ma chambre. A peine entré, je donne deux tours de clef, et je pousse les verrous ; j'ai peur…de quoi ?…Je ne redoutais rien jusqu'ici …j'ouvre mes armoires, je regarde sous mon lit ; j'écoute… j'écoute…quoi ?…Est-ce étrange qu'un simple malaise, un trouble de la circulation peut-être, l'irritation d'un filet nerveux, un peu de congestion, une toute petite perturbation dans le fonctionnement si imparfait et si délicat de notre machine vivante, puisse faire un mélancolique du plus joyeux des hommes, et un poltron du plus brave? Puis, je me couche, et j'attends le sommeil comme on attendrait le bourreau. Je l'attends avec l'épouvante de sa venue et mon cœur bat et mes jambes frémissent; et tout mon corps tressaille dans la chaleur des draps, jusqu'au moment où je tombe tout à coup dans le repos, comme on tomberait pour s'y noyer dans un gouffre d'eau stagnante. Je ne le sens pas venir, comme autrefois, ce sommeil perfide, caché près de moi, qui me guette, qui va me saisir par la tête, me fermer les yeux, m'anéantir.

Je dors—longtemps—deux ou trois heures—puis un rêve—non—un cauchemar m'étreint. Je sens bien que je suis couché et que je dors…Je le sens et je le vois…et je sens aussi que quelqu'un s'approche de moi, me regarde, me palpe, monte sur mon lit, s'agenouille sur ma poitrine, me prend le cou entre ses mains et serre…serre…de toute sa force pour m'étrangler.

Moi je me débats, lié par cette impuissance atroce, qui nous paralyse dans les songes; je veux crier,—je ne peux pas;—je veux remuer,—je ne peux pas;—j'essaye, avec des efforts affreux, en haletant, de me tourner, de rejeter cet être qui m'écrase et qui m'étouffe,—je ne peux pas!

Et soudain, je m'éveille, affolé, couvert de sueur. J'allume une bougie. Je suis seul.

Après cette crise, qui se renouvelle toutes les nuits, je dors enfin, avec calme, jusqu'à l'aurore.

2 juin.—Mon état s'est encore aggravé. Qu'ai-je donc? Le bromure n'y fait rien; les douches n'y font rien. Tantôt, pour fatiguer mon corps, si las pourtant, j'allai faire un tour dans la forêt de Roumare. Je crus d'abord que l'air frais, léger et doux, plein d'odeur d'herbes et de feuilles, me versait aux veines un sang nouveau, au cœur une énergie nouvelle. Je pris une grande avenue de chasse, puis je tournai vers La Bouille, par une allée étroite, entre deux armées d'arbres démesurément hauts qui mettaient un toit vert, épais, presque noir, entre le ciel et moi.

Un frisson me saisit soudain, non pas un frisson de froid, mais un étrange frisson d'angoisse.

Je hâtai le pas, inquiet d'être seul dans ce bois, apeuré sans raison, stupidement, par la profonde solitude. Tout à coup, il me sembla que j'étais suivi, qu'on marchait sur mes talons, tout près, à me toucher.

Je me retournai brusquement. J'étais seul. Je ne vis derrière moi que la droite et large allée, vide, haute, redoutablement vide ; et de l'autre côté elle s'étendait aussi à perte de vue, toute pareille, effrayante.

Je fermai les yeux. Pourquoi ? Et je me mis à tourner sur un talon, très vite, comme une toupie. Je faillis tomber ; je rouvris les yeux ; les arbres dansaient : la terre flottait ; je dus m'asseoir. Puis, ah ! je ne savais plus par où j'étais venu ! Bizarre idée ! Bizarre ! Bizarre idée ! Je ne savais plus du tout. Je partis par le côté qui se trouvait à ma droite, et je revins dans l'avenue qui m'avait amené au milieu de la forêt.

3 *juin.*—La nuit a été horrible. Je vais m'absenter pendant quelques semaines. Un petit voyage, sans doute, me remettra.

2 *juillet.*—Je rentre. Je suis guéri. J'ai fait d'ailleurs une excursion charmante. J'ai visité le mont Saint-Michel que je ne connaissais pas.

Quelle vision, quand on arrive comme moi à Avranches, vers la fin du jour ! La ville est sur une colline ; et on me conduisit dans le jardin public, au bout de la cité. Je poussai un cri d'étonnement. Une baie démesurée s'étendait devant moi, à perte de vue, entre deux côtes écartées se perdant au loin dans les brumes ; et au milieu de cette immense baie jaune, sous un ciel d'or et de clarté, s'élevait sombre et pointu un mont étrange au milieu des sables. Le soleil venait de disparaître, et sur l'horizon encore flamboyant se dessinait le profil de ce fantastique rocher qui porte sur son sommet un fantastique monument.

Dès l'aurore, j'allai vers lui. La mer était basse comme la veille au soir, et je regardais se dresser devant moi, à mesure que j'approchais d'elle, la surprenante abbaye. Après plusieurs heures de marche, j'atteignis l'énorme bloc de pierres qui porte la petite cité dominée par la grande église. Ayant gravi la rue étroite et rapide, j'entrai dans la plus admirable demeure gothique construite pour Dieu sur la terre, vaste comme une ville, pleine de salles basses écrasées sous des voûtes et de hautes galeries que soutiennent de frêles colonnes. J'entrai dans ce gigantesque bijou de granit, aussi léger qu'une dentelle, couvert de tours, de sveltes clochetons, où montent des escaliers tordus, et qui lancent dans le ciel bleu des jours, dans le ciel noir des nuits, leurs têtes bizarres hérissées de chimères, de diables, de bêtes fantastiques, de fleurs monstrueuses, et reliés l'un à l'autre par de fines arches ouvragées.

Quand je fus sur le sommet, je dis au moine qui m'accompagnait: "Mon père, comme vous devez être bien ici!"

Il répondit: "Il y a beaucoup de vent, Monsieur"; et nous nous mîmes à causer en regardant monter la mer, qui courait sur le sable et le couvrait d'une cuirasse d'acier.

Et le moine me conta des histoires, toutes les vieilles histoires de ce lieu, des légendes, toujours des légendes.

Une d'elles me frappa beaucoup. Les gens du pays, ceux du mont, prétendent qu'on entend parler la nuit dans les sables, puis qu'on entend bêler deux chèvres, l'une avec une voix forte, l'autre avec une voix faible. Les incrédules affirment que ce sont les cris des oiseaux de mer, qui ressemblent tantôt à des bêlements, et tantôt à des plaintes humaines; mais les pêcheurs attardés jurent avoir rencontré, rôdant sur les dunes, entre deux marées, autour de la petite ville jetée ainsi loin du monde, un vieux berger, dont on ne voit jamais la tête couverte de son manteau, et qui conduit, en marchant devant eux, un bouc à figure d'homme et une chèvre à figure de femme, tous deux avec de longs cheveux blancs et parlant sans cesse, se querellant dans une langue inconnue, puis cessant soudain de crier pour bêler de toute leur force.

Je dis au moine : "Y croyez-vous ?"

Il murmura : " Je ne sais pas."

Je repris : "S'il existait sur la terre d'autres êtres que nous, comment ne les connaîtrions-nous point depuis longtemps ; comment ne les auriez-vous pas vus, vous ? comment ne les aurais-je pas vus, moi ?"

Il répondit : "Est-ce que nous voyons la cent-millième partie de ce qui existe ? Tenez, voici le vent, qui est la plus grande force de la nature, qui renverse les hommes, abat les édifices, déracine les arbres, soulève la mer en montagnes d'eau, détruit les falaises, et jette aux brisants les grands navires, le vent qui tue, qui siffle, qui gémit, qui mugit,—l'avez-vous vu, et pouvez vous le voir ? Il existe, pourtant."

Je me tus devant ce simple raisonnement. Cet homme était un sage ou peut-être un sot. Je ne l'aurais pu affirmer au juste ; mais je me tus. Ce qu'il disait là, je l'avais pensé souvent.

3 *juillet.*—J'ai mal dormi ; certes, il y a ici une influence fiévreuse, car mon cocher souffre du même mal que moi. En rentrant hier, j'avais remarqué sa pâleur singulière. Je lui demandai :

— Qu'est-ce que vous avez, Jean ?

— J'ai que je ne peux plus me reposer, Monsieur, ce sont mes nuits qui mangent mes jours. Depuis le départ de Monsieur, cela me tient comme un sort.

Les autres domestiques vont bien cependant, mais j'ai grand peur d'être repris, moi.

4 juillet.—Décidément, je suis repris. Mes cauchemars anciens reviennent. Cette nuit, j'ai senti quelqu'un accroupi sur moi, et qui, sa bouche sur la mienne, buvait ma vie entre mes lèvres. Oui, il la puisait dans ma gorge, comme aurait fait une sangsue. Puis il s'est levé, repu, et moi je me suis réveillé, tellement meurtri, brisé, anéanti, que je ne pouvais plus remuer. Si cela continue encore quelques jours, je repartirai certainement.

5 juillet.—Ai-je perdu la raison ? Ce qui s'est passé la nuit dernière est tellement étrange, que ma tête s'égare quand j'y songe !

Comme je le fais maintenant chaque soir, j'avais fermé ma porte à clef ; puis, ayant soif, je bus un demi-verre d'eau, et je remarquai par hasard que ma carafe était pleine jusqu'au bouchon de cristal.

Je me couchai ensuite et je tombai dans un de mes sommeils épouvantables, dont je fus tiré au bout de deux heures environ par une secousse plus affreuse encore.

Figurez-vous un homme qui dort, qu'on assassine, et qui se réveille avec un couteau dans le poumon, et qui râle, couvert de sang, et qui ne peut plus respirer, et qui va mourir, et qui ne comprend pas—voilà.

Ayant enfin reconquis ma raison, j'eus soif de nouveau ; j'allumai une bougie et j'allai vers la table où était posée ma carafe. Je la soulevai en la penchant sur mon verre ; rien ne coula.—Elle était vide ! Elle était vide complètement ! D'abord, je n'y compris rien ; puis, tout à coup, je ressentis une émotion si terrible, que je dus m'asseoir, ou plutôt, que je tombai sur une chaise ! puis, je me redressai d'un saut pour regarder autour de moi ! puis je me rassis, éperdu d'étonnement et de peur, devant le cristal transparent ! Je le contemplais avec des yeux fixes, cherchant à deviner. Mes mains tremblaient ! On avait donc bu cette eau ? Qui ? Moi ? moi, sans doute ! Ce ne pouvait être que moi ! Alors, j'étais somnambule, je vivais, sans le savoir, de cette double vie mystérieuse qui fait douter s'il y a deux êtres en nous, ou si un être étranger, inconnaissable et invisible, anime, par moments, quand notre âme est engourdie, notre corps captif qui obéit à cet autre, comme à nous-mêmes, plus qu'à nous-mêmes.

Ah! qui comprendra mon angoisse abominable! Qui comprendra l'émotion d'un homme, sain d'esprit, bien éveillé, plein de raison et qui regarde épouvanté, à travers le verre d'une carafe, un peu d'eau disparue pendant qu'il a dormi! Et je restai là jusqu'au jour, sans oser regagner mon lit.

6 juillet.—Je deviens fou. On a encore bu toute ma carafe cette nuit: ou plutôt, je l'ai bue!

Mais, est-ce moi? Est-ce moi? Qui serait-ce? Qui? Oh! mon Dieu! Je deviens fou! Qui me sauvera?

10 juillet.—Je viens de faire des épreuves surprenantes. Décidément, je suis fou! Et pourtant!

Le 6 juillet, avant de me coucher, j'ai placé sur ma table du vin, du lait, de l'eau, du pain et des fraises.

On a bu,—j'ai bu—toute l'eau, et un peu de lait. On n'a touché ni au vin, ni aux fraises.

Le 7 juillet, j'ai renouvelé la même épreuve, qui a donné le même résultat.

Le 8 juillet, j'ai supprimé l'eau et le lait. On n'a touché à rien.

Le 9 juillet enfin, j'ai remis sur ma table l'eau et le lait seulement en ayant soin d'envelopper les carafes en des linges de mousseline blanche et de ficeler les bouchons. Puis, j'ai frotté mes lèvres, ma barbe, mes mains avec de la mine de plomb, et je me suis couché.

L'invincible sommeil m'a saisi, suivi bientôt de l'atroce réveil. Je n'avais point remué; mes draps eux-mêmes ne portaient pas de taches. Je m'élançai vers ma table. Les linges enfermant les bouteilles étaient demeurés immaculés.

Je déliai les cordons, en palpitant de crainte. On avait bu toute l'eau ! on avait bu tout le lait ! Ah ! mon Dieu !...

Je vais partir tout à l'heure pour Paris.

12 *juillet.*—Paris. J'avais donc perdu la tête les jours derniers ! J'ai dû être le jouet de mon imagination énervée, à moins que je ne sois vraiment somnambule, ou que j'ai subi une de ces influences constatées, mais inexplicables jusqu'ici, qu'on appelle suggestions. En tout cas, mon affolement touchait à la démence, et vingt-quatre heures de Paris ont suffi pour me remettre d'aplomb.

Hier, après des courses et des visites, qui m'ont fait passer dans l'âme de l'air nouveau et vivifiant, j'ai fini ma soirée au Théâtre-Français[1]. On y jouait une pièce d'Alexandre Dumas fils[2], et cet esprit alerte et puissant a achevé de me guérir. Certes, la solitude est dangereuse pour les intelligences qui travaillent. Il nous faut, autour de nous, des hommes qui pensent et qui parlent. Quand nous sommes seuls longtemps, nous peuplons le vide de fantômes.

Je suis rentré à l'hôtel très gai, par les boulevards. Au coudoiement de la foule, je songeais, non sans ironie, à mes terreurs, à mes suppositions de l'autre semaine, car j'ai cru, oui, j'ai cru qu'un être invisible habitait sous mon toit. Comme notre tête est faible et s'effare, et s'égare vite, dès qu'un petit fait incompréhensible nous frappe !

Au lieu de conclure par ces simples mots : " Je ne comprends pas parce que la cause m'échappe," nous imaginons aussitôt des mystères effrayants et des puissances surnaturelles.

14 *juillet.*—Fête de la République. Je me suis promené par les rues. Les pétards et les drapeaux m'amusaient comme un enfant. C'est pourtant fort bête d'être joyeux,

[1] Le Théâtre-Français: société de comédiens, fondée à Paris en 1680, aujourd'hui le Théâtre national.

[2] Alexandre Dumas fils : 1824-1895, fils du célèbre romancier du même nom, auteur dramatique.

à date fixe, par décret du gouvernement. Le peuple est un troupeau imbécile, tantôt stupidement patient et tantôt férocement révolté. On lui dit : " Amuse-toi." Il s'amuse. On lui dit : " Va te battre avec le voisin." Il va se battre. On lui dit : " Vote pour l'Empereur." Il vote pour l'Empereur. Puis, on lui dit : " Vote pour la République." Et il vote pour la République.

Ceux qui le dirigent sont aussi sots ; mais au lieu d'obéir à des hommes, ils obéissent à des principes, lesquels ne peuvent être que niais, stériles et faux, par cela même qu'ils sont des principes, c'est-à-dire des idées réputées certaines et immuables, en ce monde où l'on n'est sûr de rien, puisque la lumière est une illusion, puisque le bruit est une illusion.

16 *juillet.*—J'ai vu hier des choses qui m'ont beaucoup troublé.

Je dînais chez ma cousine, Mme Sablé, dont le mari commande le 76e chasseurs à Limoges. Je me trouvais chez elle avec deux jeunes femmes, dont l'une a épousé un médecin, le docteur Parent, qui s'occupe beaucoup des maladies nerveuses et des manifestations extraordinaires, auxquelles donnent lieu en ce moment les expériences sur l'hypnotisme et la suggestion.

Il nous raconta longtemps les résultats prodigieux obtenus par des savants anglais et par les médecins de l'école de Nancy.

Les faits qu'il avança me parurent tellement bizarres, que je me déclarai tout à fait incrédule.

" Nous sommes, affirmait-il, sur le point de découvrir un des plus importants secrets de la nature, je veux dire, un de ses plus importants secrets sur cette terre ; car elle en a certes d'autrement importants, là-bas, dans les étoiles. Depuis que l'homme pense, depuis qu'il sait dire et écrire sa pensée, il se sent frôlé par un mystère impénétrable pour ses sens grossiers et imparfaits, et il tâche de suppléer,

par l'effort de son intelligence, à l'impuissance de ses
organes. Quand cette intelligence demeurait encore à
l'état rudimentaire, cette hantise des phénomènes invisibles
a pris des formes banalement effrayantes. De là sont
nées les croyances populaires au surnaturel, les légendes des esprits rôdeurs, des fées, des gnomes, des
revenants.

"Mais, depuis un peu plus d'un siècle, on semble
pressentir quelque chose de nouveau. Mesmer[1] et quelques
autres nous ont mis sur une voie inattendue, et nous
sommes arrivés vraiment, depuis quatre ou cinq ans
surtout, à des résultats surprenants."

Ma cousine, très incrédule aussi, souriait. Le docteur
Parent lui dit:—Voulez-vous que j'essaie de vous endormir,
Madame?

— Oui, je veux bien.

Elle s'assit dans un fauteuil et il commença à la
regarder fixement en la fascinant. Moi, je me sentis
soudain un peu troublé, le cœur battant, la gorge serrée.
Je voyais les yeux de Mme Sablé s'alourdir, sa bouche se
crisper, sa poitrine haleter.

Au bout de dix minutes, elle dormait.

— Mettez-vous derrière elle, dit le médecin.

Et je m'assis derrière elle. Il lui plaça entre les mains
une carte de visite en lui disant: "Ceci est un miroir; que
voyez-vous dedans?"

Elle répondit:

— Je vois mon cousin.

— Que fait-il?

— Il se tord la moustache.

— Et maintenant?

— Il tire de sa poche une photographie.

— Quelle est cette photographie?

[1] Franz Mesmer: 1734–1815, auteur de la doctrine du magnétisme
animal.

— La sienne.

C'était vrai ! Et cette photographie venait de m'être livrée, le soir même, à l'hôtel.

— Comment est-il sur ce portrait !

— Il se tient debout avec son chapeau à la main.

Donc elle voyait dans cette carte, dans ce carton blanc, comme elle eût vu dans une glace.

Les jeunes femmes, épouvantées, disaient: "Assez ! Assez ! Assez !"

Mais le docteur ordonna : "Vous vous lèverez demain à huit heures ; puis vous irez trouver à son hôtel votre cousin, et vous le supplierez de vous prêter cinq mille francs que votre mari vous demande et qu'il vous réclamera à son prochain voyage."

Puis il la réveilla.

En rentrant à l'hôtel, je songeais à cette curieuse séance et des doutes m'assaillirent non point sur l'absolue, sur l'insoupçonnable bonne foi de ma cousine, que je connaissais comme une sœur, depuis l'enfance, mais sur une supercherie possible du docteur. Ne dissimulait-il pas dans sa main une glace qu'il montrait à la jeune femme endormie, en même temps que sa carte de visite ? Les prestidigitateurs de profession font des choses autrement singulières.

Je rentrai donc et je me couchai.

Or, ce matin, vers huit heures et demie, je fus réveillé par mon valet de chambre, qui me dit :

— C'est M\ume Sablé qui demande à parler à Monsieur, tout de suite.

Je m'habillai à la hâte et je la reçus.

Elle s'assit fort troublée, les yeux baissés, et, sans lever son voile, elle me dit :

— Mon cher cousin, j'ai un gros service à vous demander.

— Lequel, ma cousine ?

— Cela me gêne beaucoup de vous le dire. et pourtant

il le faut. J'ai besoin, absolument besoin, de cinq mille francs.

— Allons donc, vous ?

— Oui, moi, ou plutôt mon mari, qui me charge de les trouver.

J'étais tellement stupéfait, que je balbutiais mes réponses. Je me demandais si vraiment elle ne s'était pas moquée de moi avec le docteur Parent, si ce n'était pas là une simple farce préparée d'avance et fort bien jouée.

Mais, en la regardant avec attention, tous mes doutes se dissipèrent. Elle tremblait d'angoisse, tant cette démarche lui était douloureuse, et je compris qu'elle avait la gorge pleine de sanglots.

Je la savais fort riche et je repris :

— Comment ! votre mari n'a pas cinq mille francs à sa disposition ! Voyons réfléchissez. Êtes-vous sûre qu'il vous a chargée de me les demander ?

Elle hésita quelques secondes comme si elle eût fait un grand effort pour chercher dans son souvenir, puis elle répondit :

— Oui..., oui... j'en suis sûre.

— Il vous a écrit ?

Elle hésita encore, réfléchissant. Je devinai le travail torturant de sa pensée. Elle ne savait pas. Elle savait seulement qu'elle devait m'emprunter cinq mille francs pour son mari. Donc elle osa mentir.

— Oui, il m'a écrit.

— Quand donc ? Vous ne m'avez parlé de rien, hier.

— J'ai reçu sa lettre ce matin.

— Pouvez-vous me la montrer ?

— Non...non...non...elle contenait des choses intimes... trop personnelles...je l'ai...je l'ai brûlée.

— Alors, c'est que votre mari fait des dettes.

Elle hésita encore, puis murmura :

— Je ne sais pas.

Je déclarai brusquement :

— C'est que je ne puis disposer de cinq mille francs en ce moment, ma chère cousine.

Elle poussa une sorte de cri de souffrance.

— Oh ! oh ! je vous en prie, je vous en prie, trouvez-les...

Elle s'exaltait, joignait les mains comme si elle m'eût prié ! J'entendais sa voix changer de ton ; elle pleurait et bégayait, harcelée, dominée par l'ordre irrésistible qu'elle avait reçu.

— Oh ! oh ! je vous en supplie...si vous saviez comme je souffre...il me les faut aujourd'hui.

J'eus pitié d'elle.

— Vous les aurez tantôt, je vous le jure.

Elle s'écria :

— Oh ! merci ! merci ! Que vous êtes bon !

Je repris :—Vous rappelez-vous ce qui s'est passé hier chez vous ?

— Oui.

— Vous rappelez-vous que le docteur Parent vous a endormie ?

— Oui.

— Eh bien ! il vous a ordonné de venir m'emprunter ce matin cinq mille francs, et vous obéissez en ce moment à cette suggestion.

Elle réfléchit quelques secondes et répondit :

— Puisque c'est mon mari qui les demande.

Pendant une heure, j'essayai de la convaincre, mais je n'y pus parvenir.

Quand elle fut partie, je courus chez le docteur. Il allait sortir ; et il m'écouta en souriant. Puis il dit :

— Croyez-vous maintenant ?

— Oui, il le faut bien.

— Allons chez votre parente.

Elle sommeillait déjà sur une chaise longue, accablée de fatigue. Le médecin lui prit le pouls, la regarda quelque temps, une main levée vers ses yeux qu'elle ferma peu à peu sous l'effort insoutenable de cette puissance magnétique.

Quand elle fut endormie :

— Votre mari n'a plus besoin de cinq mille francs. Vous allez donc oublier que vous avez prié votre cousin de vous les prêter, et, s'il vous parle de cela, vous ne comprendrez pas.

Puis il la réveilla. Je tirai de ma poche un portefeuille :

— Voici, ma chère cousine, ce que vous m'avez demandé ce matin.

Elle fut tellement surprise que je n'osai pas insister. J'essayai cependant de ranimer sa mémoire, mais elle nia avec force, crut que je me moquais d'elle, et faillit, à la fin, se fâcher.

     •   •   •   •   •   •

Voilà ! je viens de rentrer ; et je n'ai pu déjeuner, tant cette expérience m'a bouleversé.

19 *juillet*.—Beaucoup de personnes à qui j'ai raconté cette aventure se sont moquées de moi. Je ne sais plus que penser. Le sage dit : Peut-être ?

21 *juillet*.—J'ai été dîner à Bougival[1], puis j'ai passé la soirée au bal des canotiers. Décidément, tout dépend des lieux et des milieux. Croire au surnaturel dans l'île de la Grenouillère, serait le comble de la folie…mais au sommet du mont Saint-Michel ?…mais dans les Indes ? Nous subissons effroyablement l'influence de ce qui nous entoure. Je rentrerai chez moi la semaine prochaine.

30 *juillet*.—Je suis revenu dans ma maison depuis hier. Tout va bien.

2 *août*.—Rien de nouveau ; il fait un temps superbe. Je passe mes journées à regarder couler la Seine.

---

[1] **Bougival: l'île de la Grenouillère:** endroits sur la Seine près de Paris, rendez-vous favoris des étudiants : d'où l'idiotisme,—j'ai été dîner à B. ou à l'île de la G. = je me suis bien amusé.

4 *août*.—Querelles parmi mes domestiques. Ils prétendent qu'on casse les verres, la nuit, dans les armoires.
Le valet de chambre accuse la cuisinière, qui accuse la
lingère, qui accuse les deux autres.   Quel est le coupable ?
Bien fin qui le dirait !

6 *août.*   Cette fois, je ne suis pas fou.   J'ai vu...j'ai
vu...j'ai vu !...Je ne puis plus douter...j'ai vu !...J'ai encore
froid jusque dans les ongles...j'ai encore peur jusque dans
les moelles...j'ai vu !...

Je me promenais à deux heures, en plein soleil dans
mon parterre de rosiers...dans l'allée des rosiers d'automne
qui commencent à fleurir.

Comme je m'arrêtais à regarder un *géant des batailles*,
qui portait trois fleurs magnifiques, je vis, je vis distincte-
ment, tout près de moi, la tige d'une de ces roses se plier,
comme si une main invisible l'eût tordue, puis se casser,
comme si cette main l'eût cueillie ! Puis la fleur s'éleva,
suivant une courbe qu'aurait décrite un bras en la portant
vers une bouche, et elle resta suspendue dans l'air transparent, toute seule, immobile, effrayante tache rouge à trois
pas de mes yeux.

Éperdu, je me jetai sur elle pour la saisir ! Je ne trouvai
rien ; elle avait disparu.   Alors je fus pris d'une colère
furieuse contre moi-même ; car il n'est pas permis à un
homme raisonnable et sérieux d'avoir de pareilles hallucinations.

Mais était-ce bien une hallucination ?   Je me retournai
pour chercher la tige, et je la retrouvai immédiatement sur
l'arbuste, fraîchement brisée, entre les deux autres roses
demeurées à la branche.

Alors, je rentrai chez moi l'âme bouleversée, car je suis
certain, maintenant, certain comme de l'alternance des
jours et des nuits, qu'il existe près de moi un être invisible,
qui se nourrit de lait et d'eau, qui peut toucher aux choses,
les prendre et les changer de place, doué par conséquent

d'une nature matérielle, bien qu'imperceptible par nos sens, et qui habite comme moi, sous mon toit...

7 août.—J'ai dormi tranquille. Il a bu l'eau de ma carafe, mais n'a point troublé mon sommeil.

Je me demande si je suis fou. En me promenant, tantôt au grand soleil, le long de la rivière, des doutes me sont venus sur ma raison, non point des doutes vagues comme j'en avais jusqu'ici, mais des doutes précis, absolus. J'ai vu des fous ; j'en ai connu qui restaient intelligents, lucides, clairvoyants même sur toutes les choses de la vie, sauf sur un point. Ils parlaient de tout avec clarté, avec souplesse, avec profondeur, et soudain leur pensée, touchant l'écueil de leur folie, s'y déchirait en pièces, s'éparpillait et sombrait dans cet océan effrayant et furieux, plein de vagues bondissantes, de brouillards, de bourrasques, qu'on nomme " la démence."

Certes, je me croirais fou, absolument fou, si je n'étais conscient, si je ne connaissais parfaitement mon état, si je ne le sondais en l'analysant avec une complète lucidité. Je ne serais donc, en somme, qu'un halluciné raisonnant. Un trouble inconnu se serait produit dans mon cerveau, un de ces troubles qu'essayent de noter et de préciser aujourd'hui les physiologistes; et ce trouble aurait déterminé dans mon esprit, dans l'ordre et la logique de mes idées, une crevasse profonde. Des phénomènes semblables ont lieu dans le rêve qui nous promène à travers les fantasmagories les plus invraisemblables, sans que nous en soyons surpris, parce que l'appareil vérificateur, parce que le sens du contrôle est endormi ; tandis que la faculté imaginative veille et travaille. Ne se peut-il pas qu'une des imperceptibles touches du clavier cérébral se trouve paralysée chez moi ? Des hommes, à la suite d'accidents, perdent la mémoire des noms propres ou des verbes ou des chiffres, ou seulement des dates. Les localisations de toutes les parcelles de la pensée sont aujourd'hui prouvées.

Or, quoi d'étonnant à ce que ma faculté de contrôler l'irréalité de certaines hallucinations se trouve engourdie chez moi en ce moment?

Je songeais à tout cela en suivant le bord de l'eau. Le soleil couvrait de clarté la rivière, faisait la terre délicieuse, emplissait mon regard d'amour pour la vie, pour les hirondelles, dont l'agilité est une joie de mes yeux, pour les herbes de la rive, dont le frémissement est un bonheur de mes oreilles.

Peu à peu, cependant un malaise inexplicable me pénétrait. Une force, me semblait-il, une force occulte m'engourdissait, m'arrêtait, m'empêchait d'aller plus loin, me rappelait en arrière. J'éprouvais ce besoin douloureux de rentrer qui vous oppresse, quand on a laissé au logis un malade aimé, et que le pressentiment vous saisit d'une aggravation de son mal.

Donc, je revins malgré moi, sûr que j'allais trouver, dans ma maison, une mauvaise nouvelle, une lettre ou une dépêche. Il n'y avait rien; et je demeurai plus surpris et plus inquiet que si j'avais eu de nouveau quelque vision fantastique.

8 *août.*—J'ai passé hier une affreuse soirée. Il ne se manifeste plus, mais je le sens près de moi, m'épiant, me regardant, me pénétrant, me dominant et plus redoutable, en se cachant ainsi, que s'il signalait par des phénomènes surnaturels sa présence invisible et constante.

J'ai dormi pourtant.

9 *août.*—Rien, mais j'ai peur.

10 *août.*—Rien; qu'arrivera-t-il demain?

11 *août.*—Toujours rien; je ne puis plus rester chez moi avec cette crainte et cette pensée entrées en mon âme; je vais partir.

12 *août,* 10 heures du soir.—Tout le jour j'ai voulu m'en aller; je n'ai pas pu. J'ai voulu accomplir cet acte de liberté si facile, si simple,—sortir—monter dans ma voiture pour gagner Rouen—je n'ai pas pu. Pourquoi?

13 *août.*—Quand on est atteint par certaines maladies, tous les ressorts de l'être physique semblent brisés, toutes les énergies anéanties, tous les muscles relâchés, les os devenus mous comme la chair et la chair liquide comme de l'eau. J'éprouve cela dans mon être moral d'une façon étrange et désolante. Je n'ai plus aucune force, aucun courage, aucune domination sur moi, aucun pouvoir même de mettre en mouvement ma volonté. Je ne peux plus vouloir ; mais quelqu'un veut pour moi ; et j'obéis.

14 *août.*—Je suis perdu ! Quelqu'un possède mon âme et la gouverne ! quelqu'un possède mon âme et la gouverne ! quelqu'un ordonne tous mes actes, tous mes mouvements, toutes mes pensées. Je ne suis plus rien en moi, rien qu'un spectateur esclave et terrifié de toutes les choses que j'accomplis. Je désire sortir. Je ne peux pas. Il ne veut pas ; et je reste, éperdu, tremblant, dans le fauteuil où il me tient assis. Je désire seulement me lever, me soulever, afin de me croire encore maître de moi. Je ne peux pas ! Je suis rivé à mon siège ; et mon siège adhère au sol, de telle sorte qu'aucune force ne nous soulèverait.

Puis, tout d'un coup, il faut, il faut, il faut que j'aille au fond de mon jardin cueillir des fraises et les manger. Et j'y vais. Je cueille des fraises et je les mange ! Oh ! mon Dieu ! Mon Dieu ! Mon Dieu ! Est-il un Dieu ! S'il en est un, délivrez-moi ! sauvez-moi ! secourez-moi ! Pardon ! Pitié ! Grâce ! Sauvez-moi ! Oh ! quelle souffrance ! quelle torture ! quelle horreur !

15 *août.*—Certes, voilà comment était possédée et dominée ma pauvre cousine, quand elle est venue m'emprunter cinq mille francs. Elle subissait un vouloir étranger entré en elle, comme une autre âme, comme une autre âme parasite et dominatrice. Est-ce que le monde va finir ?

Mais celui qui me gouverne, quel est-il, cet invisible ? cet inconnaissable, ce rôdeur d'une race surnaturelle ?

Donc les Invisibles existent ! Alors, comment depuis

l'origine du monde ne se sont-ils pas encore manifestés d'une façon précise comme ils le font pour moi? Je n'ai jamais rien lu qui ressemble à ce qui s'est passé dans ma demeure. Oh! si je pouvais la quitter, si je pouvais m'en aller, fuir et ne pas revenir! Je serais sauvé, mais je ne peux pas.

16 *août.*—J'ai pu m'échapper aujourd'hui pendant deux heures, comme un prisonnier qui trouve ouverte, par hasard, la porte de son cachot. J'ai senti que j'étais libre tout à coup et qu'il était loin. J'ai ordonné d'atteler bien vite et j'ai gagné Rouen. Oh! quelle joie de pouvoir dire à un homme qui obéit: "Allez à Rouen!"

Je me suis fait arrêter devant la bibliothèque et j'ai prié qu'on me prêtât le grand traité du docteur Hermann Herestauss sur les habitants inconnus du monde antique et moderne.

Puis, au moment de remonter dans mon coupé, j'ai voulu dire: "A la gare!" et j'ai crié,—je n'ai pas dit, j'ai crié—d'une voix si forte que les passants se sont retournés: "A la maison," et je suis tombé, affolé d'angoisse, sur le coussin de ma voiture. Il m'avait retrouvé et repris.

17 *août.*—Ah! Quelle nuit! quelle nuit! Et pourtant il me semble que je devrais me réjouir. Jusqu'à une heure du matin, j'ai lu! Hermann Herestauss, docteur en philosophie et en théogonie, a écrit l'histoire et les manifestations de tous les êtres invisibles rôdant autour de l'homme ou rêvés par lui. Il décrit leurs origines, leur domaine, leur puissance. Mais aucun d'eux ne ressemble à celui qui me hante. On dirait que l'homme, depuis qu'il pense, a pressenti et redouté un être nouveau, plus fort que lui, son successeur en ce monde, et que, le sentant proche et ne pouvant prévoir la nature de ce maître, il a créé, dans sa terreur, tout le peuple fantastique des êtres occultes, fantômes vagues nés de la peur.

Donc, ayant lu jusqu'à une heure du matin, j'ai été m'asseoir ensuite auprès de ma fenêtre ouverte pour rafraîchir mon front et ma pensée au vent calme de l'obscurité.

Il faisait bon, il faisait tiède. Comme j'aurais aimé cette nuit-là autrefois!

Pas de lune. Les étoiles avaient au fond du ciel noir des scintillements frémissants. Qui habite ces mondes? Quelles formes, quels vivants, quels animaux, quelles plantes sont là-bas? Ceux qui pensent dans ces univers lointains, que savent-ils plus que nous? Que peuvent-ils plus que nous? Que voient-ils que nous ne connaissons point? Un d'eux, un jour ou l'autre, traversant l'espace, n'apparaîtra-t-il pas sur notre terre pour la conquérir, comme les Normands jadis traversaient la mer pour asservir des peuples plus faibles?

Nous sommes si infirmes, si désarmés, si ignorants, si petits, nous autres, sur ce grain de boue qui tourne délayé dans une goutte d'eau.

Je m'assoupis en rêvant ainsi au vent frais du soir.

Or, ayant dormi environ quarante minutes, je rouvris les yeux sans faire un mouvement, réveillé par je ne sais quelle émotion confuse et bizarre. Je ne vis rien d'abord, puis, tout à coup, il me sembla qu'une page du livre resté ouvert sur ma table venait de tourner toute seule. Aucun souffle d'air n'était entré par ma fenêtre. Je fus surpris et j'attendis. Au bout de quatre minutes environ, je vis, je vis, oui, je vis de mes yeux une autre page se soulever et se rabattre sur la précédente, comme si un doigt l'eût feuilletée. Mon fauteuil était vide, semblait vide; mais je compris qu'il était là, lui, assis à ma place, et qu'il lisait. D'un bond furieux, d'un bond de bête révoltée, qui va éventrer son dompteur, je traversai ma chambre pour le saisir, pour l'étreindre, pour le tuer!...Mais mon siège, avant que je l'eusse atteint, se renversa comme si on eût fui devant moi...ma table oscilla, ma lampe tomba et s'éteignit, et ma fenêtre se ferma comme si un malfaiteur surpris se fût élancé dans la nuit, en prenant à pleines mains les battants.

Donc, il s'était sauvé; il avait eu peur, peur de moi, lui!

Alors,...alors...demain...ou après,...ou un jour quelconque,... je pourrai donc le tenir sous mes poings, et l'écraser contre le sol! Est-ce que les chiens, quelquefois, ne mordent point et n'étranglent pas leurs maîtres?

18 *août.*—J'ai songé toute la journée. Oh! oui, je vais lui obéir, suivre ses impulsions, accomplir toutes ses volontés, me faire humble, soumis, lâche. Il est le plus fort. Mais une heure viendra...

19 *août.*—Je sais... je sais... je sais tout! Je viens de lire ceci dans la *Revue du Monde Scientifique*: "Une nouvelle assez curieuse nous arrive de Rio de Janeiro. Une folie, une épidémie de folie, comparable aux démences contagieuses qui atteignirent les peuples d'Europe au moyen âge, sévit en ce moment dans la province de San-Paulo. Les habitants éperdus quittent leurs maisons, désertent leurs villages, abandonnent leurs cultures, se disant poursuivis, possédés, gouvernés comme un bétail humain par des êtres invisibles bien que tangibles, des sortes de vampires qui se nourrissent de leur vie, pendant leur sommeil, et qui boivent en outre de l'eau et du lait sans paraître toucher à aucun autre aliment.

"M. le professeur Don Pedro Henriquez, accompagné de plusieurs savants médecins, est parti pour la province de San-Paulo, afin d'étudier sur place les origines et les manifestations de cette surprenante folie, et de proposer à l'Empereur les mesures qui lui paraîtront le plus propres à rappeler à la raison ces populations en délire."

Ah! Ah! je me rappelle, je me rappelle le beau troismâts brésilien qui passa sous mes fenêtres en remontant la Seine, le 8 mai dernier ! Je le trouvai si joli, si blanc, si gai ! L'Être était dessus, venant de là-bas, où sa race est née ! Et il m'a vu ! Il a vu ma demeure blanche aussi ; et il a sauté du navire sur la rive. Oh ! mon Dieu !

A présent, je sais, je devine. Le règne de l'homme est fini.

Il est venu, Celui que redoutaient les premières terreurs des peuples naïfs, Celui qu'exorcisaient les prêtres inquiets, que les sorciers évoquaient par les nuits sombres, sans le voir apparaître encore, à qui les pressentiments des maîtres passagers du monde prêtèrent toutes les formes mons-trueuses ou gracieuses des gnomes, des esprits, des génies, des fées, des farfadets. Après les grossières conceptions de l'épouvante primitive, des hommes plus perspicaces l'ont pressenti plus clairement. Mesmer l'avait deviné, et les médecins, depuis dix ans déjà, ont découvert, d'une façon précise, la nature de sa puissance avant qu'il l'eût exercée lui-même. Ils ont joué avec cette arme du Seigneur nouveau, la domination d'un mystérieux vouloir sur l'âme humaine devenue esclave. Ils ont appelé cela magnétisme, hypnotisme, suggestion...que sais-je ? Je les ai vus s'amuser comme des enfants imprudents avec cette horrible puissance ! Malheur à nous ! Malheur à l'homme ! Il est venu, le...le... comment se nomme-t-il...le...il me semble qu'il me crie son nom, et je ne l'entends pas...le...oui...il le crie... J'écoute...je ne peux pas...répète...le...Horla...J'ai entendu ...le Horla...c'est lui...le Horla...il est venu !...

Ah ! le vautour a mangé la colombe, le loup a mangé le mouton ; le lion a dévoré le buffle aux cornes aiguës ; l'homme a tué le lion avec la flèche, avec le glaive, avec la poudre ; mais le Horla va faire de l'homme ce que nous avons fait du cheval et du bœuf : sa chose, son serviteur et sa nourriture, par la seule puissance de sa volonté. Malheur à nous !

Pourtant, l'animal, quelquefois, se révolte et tue celui qui l'a dompté...moi aussi je veux...je pourrai...mais il faut le connaître, le toucher, le voir! Les savants disent que l'œil de la bête, différent du nôtre, ne distingue point comme le nôtre...Et mon œil à moi ne peut distinguer le nouveau venu qui m'opprime.

Pourquoi? Oh! je me rappelle à présent les paroles du moine du mont Saint-Michel: "Est-ce que nous voyons la cent-millième partie de ce qui existe? Tenez, voici le vent qui est la plus grande force de la nature, qui renverse les hommes, abat les édifices, déracine les arbres, soulève la mer en montagnes d'eau, détruit les falaises et jette aux brisants les grands navires, le vent qui tue, qui siffle, qui gémit, qui mugit, l'avez-vous vu et pouvez-vous le voir? Il existe pourtant!"

Et je songeais encore: mon œil est si faible, si imparfait, qu'il ne distingue même point les corps durs, s'ils sont transparents comme le verre!...Qu'une glace sans tain barre mon chemin, il me jette dessus comme l'oiseau entré dans une chambre se casse la tête aux vitres. Mille choses en outre le trompent et l'égarent. Quoi d'étonnant, alors, à ce qu'il ne sache point apercevoir un corps nouveau que la lumière traverse?

Un être nouveau! pourquoi pas? Il devait venir assurément! pourquoi serions-nous les derniers? Nous ne le distinguons point, ainsi que tous les autres créés avant nous? C'est que sa nature est plus parfaite, son corps plus fin et plus fini que le nôtre, que le nôtre si faible, si maladroitement conçu, encombré d'organes toujours fatigués, toujours forcés comme des ressorts trop complexes, que le nôtre, qui vit comme une plante et comme une bête, en se nourrissant péniblement d'air, d'herbe et de viande, machine animale en proie aux maladies, aux déformations, aux putréfactions, poussive, mal réglée, naïve et bizarre, ingénieusement mal faite, œuvre grossière et délicate, ébauche d'être qui pourrait devenir intelligent et superbe.

Nous sommes quelques-uns, si peu sur ce monde.

depuis l'huître jusqu'à l'homme. Pourquoi pas un de plus, une fois accomplie la période qui sépare les apparitions successives de toutes les espèces diverses ?

Pourquoi pas un de plus ? Pourquoi pas aussi d'autres arbres aux fleurs immenses, éclatantes et parfumant des régions entières ? Pourquoi pas d'autres éléments que le feu, l'air, la terre et l'eau?—Ils sont quatre, rien que quatre, ces pères nourriciers des êtres ! Quelle pitié ! Pourquoi ne sont-ils pas quarante, quatre cents, quatre mille ! Comme tout est pauvre, mesquin, misérable ! avarement donné, sèchement inventé, lourdement fait ! Ah ! l'éléphant, l'hippopotame, que de grâce ! Le chameau, que d'élégance !

Mais direz-vous, le papillon ! une fleur qui vole ! J'en rêve un qui serait grand comme cent univers, avec des ailes dont je ne puis même expérimenter la forme, la beauté, la couleur et le mouvement. Mais je le vois...il va d'étoile en étoile, les rafraîchissant et les embaumant au souffle harmonieux et léger de sa course !...Et les peuples de là-haut le regardent passer, extasiés et ravis !

. . . . .

Qu'ai-je donc ? C'est lui, lui, le Horla, qui me hante, qui me fait penser ces folies ! Il est en moi, il devient mon âme ; je le tuerai !

19 *août*.—Je le tuerai. Je l'ai vu ! je me suis assis hier soir, à ma table ; et je fis semblant d'écrire avec une grande attention. Je savais bien qu'il viendrait rôder autour de moi, tout près, si près que je pourrais peut-être le toucher, le saisir ? Et alors!...alors, j'aurais la force des désespérés ; j'aurais mes mains, mes genoux, ma poitrine, mon front, mes dents pour l'étrangler, l'écraser, le mordre, le déchirer.

Et je le guettais avec tous mes organes surexcités.

J'avais allumé mes deux lampes et les huit bougies de ma cheminée, comme si j'eusse pu, dans cette clarté, le découvrir.

En face de moi, mon lit, un vieux lit de chêne à

colonnes ; à droite, ma cheminée ; à gauche, ma porte fermée avec soin, après l'avoir laissée longtemps ouverte, afin de l'attirer ; derrière moi, une très haute armoire à glace, qui me servait chaque jour, pour me raser, pour m'habiller, et où j'avais coutume de me regarder, de la tête aux pieds, chaque fois que je passais devant.

Donc, je faisais semblant d'écrire, pour le tromper, car il m'épiait lui aussi ; et soudain, je sentis, je fus certain qu'il lisait par-dessus mon épaule, qu'il était là, frôlant mon oreille.

Je me dressai, les mains tendues, en me tournant si vite que je faillis tomber. Eh bien ?...on y voyait comme en plein jour, et je ne me vis pas dans ma glace !...Elle était vide, claire, profonde, pleine de lumière ! Mon image n'était pas dedans...et j'étais en face, moi ! Je voyais le grand verre limpide du haut en bas. Et je regardais cela avec des yeux affolés ; et je n'osais plus avancer, je n'osais plus faire un mouvement, sentant bien pourtant qu'il était là, mais qu'il m'échapperait encore, lui dont le corps imperceptible avait dévoré mon reflet.

Comme j'eus peur ! Puis voilà que tout à coup je commençai à m'apercevoir dans une brume, au fond du miroir, dans une brume comme à travers une nappe d'eau ; et il me semblait que cette eau glissait de gauche à droite, lentement, rendant plus précise mon image, de seconde en seconde. C'était comme la fin d'une éclipse. Ce qui me cachait ne paraissait point posséder de contours nettement arrêtés, mais une sorte de transparence opaque, s'éclaircissant peu à peu.

Je pus enfin me distinguer complètement, ainsi que je le fais chaque jour en me regardant.

Je l'avais vu ! L'épouvante m'en est restée, qui me fait encore frissonner.

20 *août.*—Le tuer, comment ? puisque je ne peux l'atteindre ? Le poison ? mais il me verrait le mêler à l'eau ; et nos poisons, d'ailleurs, auraient-ils un effet sur son corps

imperceptible? Non…non…sans aucun doute…Alors?… alors?…

21 *août.*—J'ai fait venir un serrurier de Rouen, et lui ai commandé pour ma chambre des persiennes de fer, comme en ont, à Paris, certains hôtels particuliers, au rez-de-chaussée, par crainte des voleurs. Il me fera, en outre, une porte pareille. Je me suis donné pour un poltron, mais je m'en moque !…

·   ·   ·   ·   ·

10 *septembre.*—Rouen, hôtel Continental. C'est fait… c'est fait…mais est-il mort? J'ai l'âme bouleversée de ce que j'ai vu.

Hier donc, le serrurier ayant posé ma persienne et ma porte de fer, j'ai laissé tout ouvert jusqu'à minuit, bien qu'il commençât à faire froid.

Tout à coup, j'ai senti qu'il était là, et une joie, une joie folle m'a saisi. Je me suis levé lentement et j'ai marché à droite, à gauche, longtemps pour qu'il ne devinât rien ; puis j'ai ôté mes bottines et mis mes savates avec négligence ; puis j'ai fermé ma persienne de fer, et revenant à pas tranquilles vers la porte, j'ai fermé la porte aussi à double tour. Retournant alors vers la fenêtre, je la fixai par un cadenas, dont je mis la clef dans ma poche.

Tout à coup, je compris qu'il s'agitait autour de moi, qu'il avait peur à son tour, qu'il m'ordonnait de lui ouvrir. Je faillis céder ; je ne cédai pas, mais m'adossant à la porte, je l'entrebâillai, tout juste assez pour passer, moi, à reculons ; et comme je suis très grand ma tête touchait au linteau. J'étais sûr qu'il n'avait pu s'échapper et je l'enfermai, tout seul, tout seul. Quelle joie ! Je le tenais ! Alors, je descendis, en courant ; je pris dans mon salon, sous ma chambre, mes deux lampes et je renversais toute l'huile sur le tapis, sur les meubles, partout ; puis j'y mis le feu, et je me sauvai, après avoir bien refermé, à double tour, la grande porte d'entrée.

Et j'allai me cacher au fond de mon jardin, dans un massif de lauriers.   Comme ce fut long! comme ce fut long!   Tout était noir, muet, immobile; pas un souffle d'air, pas une étoile, des montagnes de nuages qu'on ne voyait point, mais qui pesaient sur mon âme si lourds, si lourds.

Je regardais ma maison, et j'attendais.   Comme ce fut long!   Je croyais déjà que le feu s'était éteint tout seul, ou qu'il l'avait éteint, Lui, quand une des fenêtres d'en bas creva sous la poussée de l'incendie, et une flamme, une grande flamme rouge et jaune, longue, molle, caressante, monta le long du mur blanc et le baisa jusqu'au toit.   Une lueur courut dans les arbres, dans les branches, dans les feuilles, et un frisson, un frisson de peur aussi!   Les oiseaux se réveillaient; un chien se mit à hurler; il me sembla que le jour se levait!   Deux autres fenêtres éclatèrent aussitôt, et je vis que tout le bas de ma demeure n'était plus qu'un effrayant brasier.   Mais un cri, un cri horrible, suraigu, déchirant, un cri de femme passa dans la nuit, et deux mansardes s'ouvrirent!   J'avais oublié mes domestiques! Je vis leurs faces affolées, et leurs bras qui s'agitaient!...

Alors, éperdu d'horreur, je me mis à courir vers le village en hurlant: "Au secours! au secours! au feu! au feu!"   Je rencontrai des gens qui s'en venaient déjà et je retournai avec eux, pour voir.

La maison, maintenant, n'était plus qu'un bûcher horrible et magnifique, un bûcher monstrueux, éclairant toute la terre, un bûcher où brûlaient des hommes, et où il brûlait aussi, Lui, Lui, mon prisonnier, l'Être nouveau, le nouveau maître, le Horla!

Soudain le toit tout entier s'engloutit entre les murs, et un volcan de flammes jaillit jusqu'au ciel.

Par toutes les fenêtres ouvertes sur la fournaise, je voyais la cuve de feu, et je pensais qu'il était là, dans ce four, mort...

— Mort?   Peut-être?...Son corps? son corps que le jour

traversait n'était-il pas indestructible par les moyens qui tuent les nôtres ?

S'il n'était pas mort ?...seul peut-être le temps a prise sur l'Être Invisible et Redoutable. Pourquoi ce corps transparent, ce corps inconnaissable, ce corps d'Esprit, s'il devait craindre, lui aussi, les maux, les blessures, les infirmités, la destruction prématurée ?

La destruction prématurée ? toute l'épouvante humaine vient d'elle ! Après l'homme, le Horla.—Après celui qui peut mourir tous les jours, à toutes les heures, à toutes les minutes, par tous les accidents, est venu celui qui ne doit mourir qu'à son jour, à son heure, à sa minute, parce qu'il a touché la limite de son existence !

Non...non...sans aucun doute, sans aucun doute...il n'est pas mort...Alors...alors...il va donc falloir que je me tue, moi !...

LE TROU

Coups et blessures, ayant occasionné la mort. Tel était
le chef d'accusation qui faisait comparaître en cour d'assises
le sieur Léopold Renard, tapissier.

Autour de lui, les principaux témoins, la dame Flamèche,
veuve de la victime, les nommés Louis Ladureau, ouvrier
ébéniste, et Jean Durdent, plombier.

Près du criminel, sa femme en noir, petite, laide, l'air
d'une guenon habillée en dame.

Et voici comment Renard (Léopold) raconte le drame :

— Mon Dieu, c'est un malheur dont je fus tout le temps
la première victime, et dont ma volonté n'est pour rien.
Les faits se commentent d'eux-mêmes, m'sieu l'président.
Je suis un honnête homme, homme de travail, tapissier
dans la même rue depuis seize ans, connu, aimé, respecté,
considéré de tous, comme en ont attesté les voisins, même
la concierge qui n'est pas folâtre tous les jours.   J'aime le
travail, j'aime l'épargne, j'aime les honnêtes gens et les
plaisirs honnêtes.   Voilà ce qui m'a perdu, tant pis pour
moi ; ma volonté n'y étant pas, je continue à me respecter.

" Donc, tous les dimanches, mon épouse, que voilà, et
moi, depuis cinq ans, nous allons passer la journée à Poissy.
Ça nous fait prendre l'air, sans compter que nous aimons
la pêche à la ligne, oh ! mais là, nous l'aimons comme des
petits oignons.   C'est Mélie qui m'a donné cette passion-là,
la rosse, et qu'elle y est plus emportée que moi, la teigne,
vu que tout le mal vient d'elle en c't'affaire-là, comme vous
l'allez voir par la suite.

"Moi, je suis fort et doux, pas méchant pour deux sous. Mais elle ! oh ! là ! là ! ça n'a l'air de rien, c'est petit, c'est maigre ; eh bien ! c'est plus malfaisant qu'une fouine. Je ne nie pas qu'elle ait des qualités ; elle en a, et d'importantes pour un commerçant. Mais son caractère ! Parlez-en aux alentours, et même à la concierge qui m'a déchargé tout à l'heure...elle vous en dira des nouvelles.

"Tous les jours elle me reprochait ma douceur : 'C'est moi qui ne me laisserais pas faire ci ! C'est moi qui ne me laisserais pas faire ça.' En l'écoutant, m'sieu l'président, j'aurais eu au moins trois duels au pugilat par mois..."

Mme Renard l'interrompit : "Cause toujours ; rira bien qui rira l'dernier."

Il se tourna vers elle avec candeur :

— Eh bien, j'peux t'charger puisque t'es pas en cause, toi...

Puis, faisant de nouveau face au président :

— Lors je continue. Donc nous allions à Poissy tous les samedis soir pour y pêcher dès l'aurore du lendemain. C'est une habitude pour nous qu'est devenue une seconde nature, comme on dit. J'avais découvert, voilà trois ans cet été, une place, mais une place ! Oh ! là ! là ! à l'ombre, huit pieds d'eau, au moins, p't'être dix, un trou, quoi, avec des retrous sous la berge, une vraie niche à poisson, un paradis pour le pêcheur. Ce trou-là, m'sieu l'président, je pouvais le considérer comme à moi, vu que j'en étais le Christophe Colomb. Tout le monde le savait dans le pays, tout le monde sans opposition. On disait : 'Ça, c'est la place à Renard'; et personne n'y serait venu, pas même M. Plumeau, qu'est connu, soit dit sans l'offenser, pour chiper les places des autres.

"Donc, sûr de mon endroit, j'y revenais comme un propriétaire. A peine arrivé, le samedi, je montais dans *Dalila*, avec mon épouse.—*Dalila* c'est ma norvégienne, un bateau que j'ai fait construire chez Fournaise, quéque chose

de léger et de sûr.—Je dis que nous montons dans *Dalila*,
et nous allons amorcer.   Pour amorcer, il n'y a que moi, et
ils le savent bien, les camaraux[1].—Vous me demanderez
avec quoi j'amorce? Je n'peux pas répondre. Ça ne
touche point à l'accident; je ne peux pas répondre, c'est
mon secret.—Ils sont plus de deux cents qui me l'ont
demandé.   On m'en a offert des petits verres, et des
fritures, et des matelotes[2] pour me faire causer ! !   Mais va
voir s'ils viennent, les chevesnes[3]. Ah! oui, on m'a tapé
sur le ventre pour la connaître, ma recette...Il n'y a que
ma femme qui la sait...et elle ne la dira pas plus que
moi!... Pas vrai, Mélie?"...

Le président l'interrompit.

— Arrivez au fait le plus tôt possible.

Le prévenu reprit: "J'y viens, j'y viens. Donc le
samedi 8 juillet, parti par le train de cinq heures vingt-
cinq, nous allâmes, dès avant dîner, amorcer comme tous
les samedis. Le temps s'annonçait bien. Je disais à Mélie:
'Chouette, chouette pour demain!' Et elle répondait: 'Ça
promet.'   Nous ne causons jamais plus que ça ensemble.

"Et puis, nous revenons dîner. J'étais content, j'avais
soif. C'est cause de tout, m'sieu l'président. Je dis à
Mélie: 'Tiens, Mélie, il fait beau, si je buvais une bouteille
de *casque à mèche*[4].' C'est un petit vin blanc que nous
avons baptisé comme ça, parce que, si on en boit trop, il
vous empêche de dormir et il remplace le casque à mèche.
Vous comprenez.

"Elle me répond: 'Tu peux faire à ton idée, mais tu
s'ras encore malade; et tu ne pourras pas te lever demain.'
—Ça, c'était vrai, c'était sage, c'était prudent, c'était
perspicace, je le confesse. Néanmoins, je ne sus pas me
contenir; et je la bus, ma bouteille. Tout vint de là.

---

[1] camaraux: forme populaire pour *camarades*.   [2] matelote: mets
composé de plusieurs sortes de poissons.   [3] chevesnes: espèce de carpe.
[4] casque à mèche: familier pour *bonnet de nuit*.

"Donc, je ne pus pas dormir. Cristi! je l'ai eu jusqu'à deux heures du matin, ce casque à mèche en jus de raisin. Et puis pouf, je m'endors, mais là je dors à n'pas entendre gueuler l'ange du jugement dernier.

"Bref, ma femme me réveille à 6 heures. Je saute du lit, j'passe vite et vite ma culotte et ma vareuse ; un coup d'eau sur le museau et nous sautons dans *Dalila*. Trop tard. Quand j'arrive à mon trou, il était pris! jamais ça n'était arrivé, m'sieu l'président, jamais depuis trois ans! Ça m'a fait un effet comme si on me dévalisait sous mes yeux. Je dis : 'Nom d'un nom, d'un nom d'un nom !' Et v'là ma femme qui commence à me harceler. 'Hein, ton casque à mèche! Va donc soûlot! Es-tu content, grande bête ?'

"Je ne disais rien ; c'était vrai, tout ça.

"Je débarque tout de même près de l'endroit pour tâcher de profiter des restes. Et peut-être qu'il ne prendrait rien c't homme ? et qu'il s'en irait.

"C'était un petit maigre, en coutil blanc, avec un grand chapeau de paille. Il avait aussi sa femme, une grosse qui faisait de la tapisserie derrière lui.

"Quand elle nous vit nous installer près du lieu, v'là qu'elle murmure :

"— Il n'y a donc pas d'autre place sur la rivière ?

"Et la mienne, qui rageait, de répondre :

"— Les gens qu'ont de savoir-vivre s'informent des habitudes d'un pays avant d'occuper les endroits réservés.

"Comme je ne voulais pas d'histoires, je lui dis :

"— Tais-toi, Mélie. Laisse faire, laisse faire. Nous verrons bien.

"Donc, nous avions mis *Dalila* sous les saules, nous étions descendus, et nous pêchions, coude à coude, Mélie et moi, juste à côté des deux autres.

"Ici, m'sieu l'président, il faut que j'entre dans le détail.

"Y avait cinq minutes que nous étions là quand la ligne

du voisin s'met à plonger deux fois, trois fois; et puis voilà qu'il en amène un, de chevesne, gros comme ma cuisse, un peu moins p't-être, mais presque! Moi, le cœur me bat; j'ai une sueur aux tempes, et Mélie qui me dit: 'Hein, pochard[1], l'as-tu vu, celui-là?'

"Sur ces entrefaites, M. Bru, l'épicier de Poissy, un amateur de goujon, lui, passe en barque et me crie: 'On vous a pris votre endroit, monsieur Renard?' Je lui réponds: 'Oui, monsieur Bru, il y a dans ce monde des gens pas délicats qui ne savent pas les usages.'

"Le petit coutil d'à côté avait l'air de ne pas entendre, sa femme non plus, sa grosse femme, un veau, quoi!"

Le président interrompit une seconde fois: "Prenez garde! Vous insultez Mme veuve Flamèche, ici présente."

Renard s'excusa: "Pardon, pardon, c'est la passion qui m'emporte.

"Donc, il ne s'était pas écoulé un quart d'heure que le petit coutil en prit encore un, de chevesne—et un autre presque par-dessus, et encore un, cinq minutes plus tard.

"Moi, j'en avais les larmes aux yeux. Et puis je sentais Mme Renard en ébullition; elle me lancicotait[2] sans cesse: 'Ah! misère! crois-tu qu'il te le vole, ton poisson? Crois-tu? Tu ne prendras rien, toi, pas une grenouille, rien de rien, rien. Tiens, j'ai du feu dans la main, rien que d'y penser.'

"Moi, je me disais:—Attendons midi. Il ira déjeuner, ce braconnier-là, et je la reprendrai, ma place. Vu que moi, m'sieu le président, je déjeune sur les lieux tous les dimanches. Nous apportons les provisions dans *Dalila*.

"Ah! ouiche. Midi sonne! Il avait un poulet dans un journal, le malfaiteur, et pendant qu'il mange, v'là qu'il en prend encore un, de chevesne!

"Mélie et moi nous cassions une croûte aussi, comme ça, sur le pouce, presque rien, le cœur n'y était pas.

---

[1] pochard = ivrogne.   [2] lancicoter = harceler.

"Alors, pour faire digestion, je prends mon journal.
Tous les dimanches, comme ça, je lis le *Gil Blas*, à l'ombre,
au bord de l'eau. C'est le jour de Colombine, vous savez
bien, Colombine qu'écrit des articles dans le *Gil Blas*.
J'avais coutume de faire enrager Mme Renard en prétendant
la connaître, c'te Colombine. C'est pas vrai, je la connais
pas, je ne l'ai jamais vue, n'importe, elle écrit bien ; et puis
elle dit des choses rudement d'aplomb pour une femme.
Moi, elle me va, y en a pas beaucoup dans son genre.

"Voilà donc que je commence à asticoter mon épouse,
mais elle se fâche tout de suite, et raide, encore. Donc je
me tais.

"C'est à ce moment qu'arrivent de l'autre côté de la
rivière nos deux témoins que voilà, M. Ladureau et
M. Durdent. Nous nous connaissions de vue.

"Le petit s'était remis à pêcher. Il en prenait que j'en
tremblais, moi. Et sa femme se met à dire : 'La place est
rudement bonne, nous y reviendrons toujours, Désiré !'

"Moi, je me sens un froid dans le dos. Et Mme Renard
répétait : 'T'es pas un homme, t'es pas un homme. T'as
du sang de poulet dans les veines.'

"Je lui dis soudain : 'Tiens, j'aime mieux m'en aller, je
ferais quelque bêtise.'

"Et elle me souffle, comme si elle m'eût mis un fer
rouge sous le nez : 'T'es pas un homme. V'là qu' tu fuis,
maintenant, que tu rends la place ! Va donc, Bazaine[1] !'

"Là, je me suis senti touché. Cependant je ne bronche
pas.

"Mais l'autre, il lève une brème, oh ! jamais je n'en ai
vu telle. Jamais !

"Et r'voilà ma femme qui se met à parler haut, comme
si elle pensait. Vous voyez d'ici la malice. Elle disait :
'C'est ça qu'on peut appeler du poisson volé, vu que nous

---

[1] **Bazaine a lâchement rendu Metz aux Allemands en** 1870.

avons amorcé la place nous-mêmes. Il faudrait rendre au moins l'argent dépensé pour l'amorce.'

" Alors, la grosse au petit coutil se mit à dire à son tour : ' C'est à nous que vous en avez, madame ?'

" — J'en ai aux voleurs de poisson qui profitent de l'argent dépensé par les autres.

" — C'est nous que vous appelez des voleurs de poisson ?'

" Et voilà qu'elles s'expliquent, et puis qu'elles en viennent aux mots. Cristi, elles en savent, les gueuses, et de tapés. Elles gueulaient si fort que nos deux témoins, qui étaient sur l'autre berge, s'mettent à crier pour rigoler : ' Eh ! là-bas, un peu de silence. Vous allez empêcher vos époux de pêcher.'

" Le fait est que le petit coutil et moi, nous ne bougions pas plus que deux souches. Nous restions là, le nez sur l'eau, comme si nous n'avions pas entendu.

" Cristi de cristi, nous entendions bien pourtant : ' Vous n'êtes qu'une menteuse.—Vous n'êtes qu'une voleuse.' Et va donc, et va donc ! Un matelot n'en sait pas plus.

" Soudain, j'entends un bruit derrière moi. Je me r'tourne. C'était l'autre, la grosse, qui tombait sur ma femme à coups d'ombrelle. Pan ! pan ! Mélie en r'çoit deux. Mais elle rage, Mélie, et puis elle tape, quand elle rage. Elle vous attrape la grosse par les cheveux, et puis v'lan, v'lan, v'lan, des gifles qui pleuvaient comme des prunes.

" Moi, je les aurais laissé faire. Les femmes entre elles, les hommes entre eux. Il ne faut pas mêler les coups. Mais le petit coutil se lève comme un diable et puis il veut sauter sur ma femme. Ah ! mais non ! ah ! mais non ! pas de ça, camarade. Moi je le reçois sur le bout de mon poing, cet oiseau-là. Et gnon, et gnon. Un dans le nez, l'autre dans le ventre. Il lève les bras, il lève la jambe et il tombe sur le dos, en pleine rivière, juste dans l'trou.

"Je l'aurais repêché pour sûr, m'sieu l'président, si j'avais eu le temps tout de suite. Mais, pour comble, la grosse prenait le dessus, et elle vous tripotait Mélie de la belle façon. Je sais bien que j'aurais pas dû la secourir pendant que l'autre buvait son coup. Mais je ne pensais pas qu'il se serait noyé. Je me disais : 'Bah ! ça le rafraîchira !'

"Je cours donc aux femmes pour les séparer. Et j'en reçois des gnons, des coups d'ongles et des coups de dents. Cristi, quelles rosses !

"Bref, il me fallut bien cinq minutes, peut-être dix, pour séparer ces deux crampons-là.

"J'me r'tourne. Pu[1] rien. L'eau calme comme un lac. Et les autres là-bas qui criaient : 'Repêchez-le, repêchez-le.'

"C'est bon à dire, ça, mais je ne sais pas nager moi, et plonger encore moins, pour sûr !

"Enfin le barragiste est venu et deux messieurs avec des gaffes, ça avait bien duré un grand quart d'heure. On l'a retrouvé au fond du trou, sous huit pieds d'eau, comme j'avais dit, mais il y était, le petit coutil !

"Voilà les faits tels que je les jure. Je suis innocent, sur l'honneur."

Les témoins ayant déposé dans le même sens, le prévenu fut acquitté.

[1] Pu = plus.

LES PRISONNIERS

Aucun bruit dans la forêt que le frémissement léger de la neige tombant sur les arbres. Elle tombait depuis midi : une petite neige fine qui poudrait les branches d'une mousse glacée, qui jetait sur les feuilles mortes des fourrés un léger toit d'argent, étendait par les chemins un immense tapis moelleux et blanc, et qui épaississait le silence illimité de cet océan d'arbres.

Devant la porte de la maison forestière, une jeune femme, les bras nus, cassait du bois à coups de hache sur une pierre. Elle était grande, mince et forte, une fille des forêts, fille et femme de forestiers.

Une voix cria de l'intérieur de la maison :

— Nous sommes seules, ce soir, Berthine, faut rentrer, v'là la nuit, y a p't-être bien des Prussiens et des loups qui rôdent.

La bûcheronne répondit en fendant une souche à grands coups qui redressaient sa poitrine à chaque mouvement pour lever les bras.

— J'ai fini, m'man. Me v'là, me v'là, y a pas de crainte ; il fait encore jour.

Puis elle rapporta ses fagots et ses bûches et les entassa le long de la cheminée, ressortit pour fermer les auvents, d'énormes auvents en cœur de chêne, et rentrée enfin, elle poussa les lourds verrous de la porte.

Sa mère filait auprès du feu, une vieille ridée que l'âge avait rendue craintive :

— J'aime pas, dit-elle, quand le père est dehors. Deux femmes ça n'est pas fort.

La jeune repondit :

— Oh! je tuerais ben[1] un loup ou un Prussien tout de même.

Et elle montrait de l'œil un gros revolver suspendu au-dessus de l'âtre.

Son homme avait été incorporé dans l'armée au commencement de l'invasion prussienne, et les deux femmes étaient demeurées seules avec le père, le vieux garde Nicolas Pichon, dit l'Échasse, qui avait refusé obstinément de quitter sa demeure pour rentrer à la ville.

La ville prochaine, c'était Rethel[2], ancienne place forte perchée sur un rocher. On y était patriote, et les bourgeois avaient décidé de résister aux envahisseurs, de s'enfermer chez eux et de soutenir un siège selon la tradition de la cité. Deux fois déjà, sous Henri IV et sous Louis XIV, les habitants de Rethel s'étaient illustrés par des défenses héroïques. Ils en feraient autant cette fois, ventrebleu! ou bien on les brûlerait dans leurs murs.

Donc, ils avaient acheté des canons et des fusils, équipé une milice, formé des bataillons et des compagnies, et ils s'exerçaient tout le jour sur la place d'Armes. Tous, boulangers, épiciers, bouchers, notaires, avoués, menuisiers, libraires, pharmaciens eux-mêmes, manœuvraient à tour de rôle, à des heures régulières, sous les ordres de M. Lavigne, ancien sous-officier de dragons, aujourd'hui mercier, ayant épousé la fille et hérité de la boutique de M. Ravaudan, l'aîné.

Il avait pris le grade de commandant-major de la place, et tous les jeunes hommes étant partis à l'armée, il avait enrégimenté tous les autres qui s'entraînaient pour la résistance. Les gros n'allaient plus par les rues qu'au pas gymnastique pour fondre leur graisse et prolonger leur haleine, les faibles portaient des fardeaux pour fortifier leurs muscles.

Et on attendait les Prussiens. Mais les Prussiens ne

---

[1] ben = bien.   [2] Rethel, ville de 7,500 habitants, dans le département des Ardennes, sur l'Aisne.

paraissaient pas. Ils n'étaient pas loin, cependant ; car
deux fois déjà leurs éclaireurs avaient poussé à travers bois
jusqu'à la maison forestière de Nicolas Pichon, dit l'Échasse.

Le vieux garde, qui courait comme un renard, était
venu prévenir la ville. On avait pointé les canons, mais
l'ennemi ne s'était point montré.

Le logis de l'Échasse servait de poste avancé dans la
forêt d'Aveline. L'homme, deux fois par semaine, allait
aux provisions et apportait aux bourgeois citadins des
nouvelles de la campagne.

.   .   .   .   .   .

Il était parti ce jour-là pour annoncer qu'un petit
détachement d'infanterie allemande s'était arrêté chez lui
l'avant-veille, vers deux heures de l'après-midi, puis était
reparti presque aussitôt. Le sous-officier qui commandait
parlait français.

Quand il s'en allait ainsi, le vieux, il emmenait ses deux
chiens, deux molosses à gueule de lion, par crainte des
loups qui commençaient à devenir féroces, et il laissait ses
deux femmes en leur recommandant de se barricader dans
la maison dès que la nuit approcherait.

La jeune n'avait peur de rien, mais la vieille tremblait
toujours et répétait :

— Ça finira mal, tout ça, vous verrez que ça finira mal.

Ce soir-là, elle était encore plus inquiète que de
coutume :

— Sais-tu à quelle heure rentrera le père ? dit-elle.

— Oh ! pas avant onze heures, pour sûr. Quand il
dîne chez le commandant, il rentre toujours tard.

Et elle accrochait sa marmite sur le feu pour faire la
soupe, quand elle cessa de remuer, écoutant un bruit vague
qui lui était parvenu par le tuyau de la cheminée.

Elle murmura :

— V'là qu'on marche dans le bois, il y a ben sept, huit
hommes, au moins.

La mère, effarée, arrêta son rouet en balbutiant :

— Oh ! mon Dieu ! et le père qu'est pas là !

Elle n'avait point fini de parler que des coups violents firent trembler la porte.

Comme les femmes ne répondaient point, une voix forte et gutturale cria :

— Oufrez !

Puis, après un silence, la même voix reprit :

— Oufrez ou che gasse la borte !

Alors Berthine glissa dans la poche de sa jupe le gros revolver de la cheminée, puis, étant venue coller son oreille contre l'huis, elle demanda :

— Qui êtes-vous ?

La voix répondit :

— Che suis le tétachement de l'autre chour.

La jeune femme reprit :

— Qu'est-ce que vous voulez ?

— Che suis berdu tepuis ce matin, tans le poïs, avec mon tétachement. Oufrez ou che gasse la borte.

La forestière n'avait pas le choix ; elle fit glisser vivement le gros verrou, puis tirant le lourd battant, elle aperçut dans l'ombre pâle des neiges, six hommes, six soldats prussiens, les mêmes qui étaient venus la veille. Elle prononça d'un ton résolu :

— Qu'est-ce que vous venez faire à cette heure-ci ?

Le sous-officier répéta :

— Che suis berdu, tout à fait berdu, ché regonnu la maison. Che n'ai rien manché tepuis ce matin, mon tétachement non blus.

Berthine déclara :

— C'est que je suis toute seule avec maman, ce soir.

Le soldat, qui paraissait un brave homme, répondit :

— Ça ne fait rien. Che ne ferai bas de mal, mais fous nous ferez à mancher. Nous dombons te faim et te fatigue.

La forestière se recula :

— Entrez, dit-elle.

Ils entrèrent, poudrés de neige, portant sur leurs casques une sorte de crème mousseuse qui les faisait ressembler à des meringues, et ils paraissaient las, exténués.

La jeune femme montra les bancs de bois des deux côtés de la grande table.

— Asseyez-vous, dit-elle, je vais vous faire de la soupe. C'est vrai que vous avez l'air rendu.

Puis elle referma les verrous de la porte.

Elle remit de l'eau dans sa marmite, y jeta de nouveau du beurre et des pommes de terre, puis décrochant un morceau de lard pendu dans la cheminée, elle en coupa la moitié qu'elle plongea dans le bouillon.

Les six hommes suivaient de l'œil tous ses mouvements avec une faim éveillée dans leurs yeux. Ils avaient posé leurs fusils et leurs casques dans un coin, et ils attendaient, sages comme des enfants sur les bancs d'une école.

La mère s'était remise à filer en jetant à tout moment des regards éperdus sur les soldats envahisseurs. On n'entendait rien autre chose que le ronflement léger du rouet et le crépitement du feu, et le murmure de l'eau qui s'échauffait.

Mais soudain un bruit étrange les fit tous tressaillir, quelque chose comme un souffle rauque poussé sous la porte, un souffle de bête, fort et ronflant.

Le sous-officier allemand avait fait un bond vers les fusils. La forestière l'arrêta d'un geste, et, souriante :

— C'est les loups, dit-elle. Ils sont comme vous, ils rôdent et ils ont faim.

L'homme incrédule voulut voir, et sitôt que le battant fut ouvert, il aperçut deux grandes bêtes grises qui s'enfuyaient d'un trot rapide et allongé.

Il revint s'asseoir en murmurant :

— Ché n'aurais pas gru.

Et il attendit que sa pâtée fût prête.

Ils la mangèrent voracement, avec des bouches fendues jusqu'aux oreilles pour en avaler davantage, des yeux ronds s'ouvrant en même temps que les mâchoires, et des bruits de gorge pareils à des glouglous de gouttières.

Les deux femmes, muettes, regardaient les rapides mouvements des grandes barbes rouges; et les pommes de terre avaient l'air de s'enfoncer dans ces toisons mouvantes.

Mais comme ils avaient soif, la forestière descendit à la cave leur tirer du cidre. Elle y resta longtemps; c'était un petit caveau voûté qui, pendant la révolution, avait servi de prison et de cachette, disait-on. On y parvenait au moyen d'un étroit escalier tournant fermé par une trappe au fond de la cuisine.

Quand Berthine reparut, elle riait, elle riait toute seule, d'un air sournois. Et elle donna aux Allemands sa cruche de boisson. Puis elle soupa aussi, avec sa mère, à l'autre bout de la cuisine.

Les soldats avaient fini de manger, et ils s'endormaient tous les six, autour de la table. De temps en temps, un front tombait sur la planche avec un bruit sourd, puis l'homme, réveillé brusquement, se redressait.

Berthine dit au sous-officier :

— Couchez-vous devant le feu, pardi, y a bien d'la place pour six. Moi je grimpe à ma chambre avec maman.

Et les deux femmes montèrent au premier étage. On les entendit fermer leur porte à clef, marcher quelque temps; puis elles ne firent plus aucun bruit.

Les Prussiens s'étendirent sur le pavé, les pieds au feu, la tête supportée par leurs manteaux roulés, et ils ronflèrent bientôt tous les six sur six tons divers, aigus ou sonores, mais continus et formidables.

●   ●   ●   ●   ●   ●

Ils dormaient certes depuis longtemps déjà quand un coup de feu retentit, si fort, qu'on l'aurait cru tiré contre les murs de la maison. Les soldats se dressèrent aussitôt. Mais deux nouvelles détonations éclatèrent, suivies de trois autres encore.

La porte du premier s'ouvrit brusquement, et la forestière parut, nu-pieds, en chemise, en jupon court, une chandelle à la main, l'air affolé. Elle balbutia :

— V'là les Français, ils sont au moins deux cents. S'ils vous trouvent ici, ils vont brûler la maison. Descendez dans la cave bien vite, et faites pas de bruit. Si vous faites du bruit, nous sommes perdus.

Le sous-officier, effaré, murmura :

— Che feux pien, che feux pien. Par où faut-il tescendre ?

La jeune femme souleva avec précipitation la trappe étroite et carrée, et les six hommes disparurent par le petit escalier tournant, s'enfonçant dans le sol l'un après l'autre, à reculons, pour bien tâter les marches du pied.

Mais quand la pointe du dernier casque eut disparu, Berthine rabattant la lourde planche de chêne, épaisse comme un mur, dure comme de l'acier, maintenue par des charnières et une serrure de cachot, donna deux longs tours de clef, puis elle se mit à rire, d'un rire muet et ravi, avec une envie folle de danser sur la tête de ses prisonniers.

Ils ne faisaient aucun bruit, enfermés là-dedans comme dans une boîte solide, une boîte de pierre, ne recevant que l'air d'un soupirail garni de barres de fer.

Berthine aussitôt ralluma son feu, remit dessus sa marmite, et refit de la soupe en murmurant :

— Le père s'ra fatigué cette nuit.

Puis elle s'assit et attendit. Seul, le balancier sonore de l'horloge, promenait dans le silence son tic-tac régulier.

De temps en temps la jeune femme jetait un regard sur le cadran, un regard impatient qui semblait dire :

— Ça ne va pas vite.

Mais bientôt il lui sembla qu'on murmurait sous ses pieds. Des paroles basses, confuses lui parvenaient à travers la voûte maçonnée de la cave. Les Prussiens commençaient à deviner sa ruse, et bientôt le sous-officier remonta le petit escalier et vint heurter du poing la trappe. Il cria de nouveau :

— Oufrez !

Elle se leva, s'approcha et, imitant son accent :

— Qu'est-ce que fous foulez ?

— Oufrez !

— Che n'oufre pas.

L'homme se fâchait.

— Oufrez ou che gasse la borte !

Elle se mit à rire :

— Casse, mon bonhomme, casse, mon bonhomme.

Et il commença à frapper avec la crosse de son fusil contre la trappe de chêne, fermée sur sa tête. Mais elle aurait résisté à des coups de catapulte.

La forestière l'entendit redescendre. Puis les soldats vinrent, l'un après l'autre, essayer leur force, et inspecter la fermeture. Mais, jugeant sans doute leurs tentatives inutiles, ils redescendirent tous dans la cave et recommencèrent à parler entre eux.

La jeune femme les écoutait, puis elle alla ouvrir la porte du dehors et elle tendit l'oreille dans la nuit.

Un aboiement lointain lui parvint. Elle se mit à siffler comme aurait fait un chasseur, et, presque aussitôt, deux énormes chiens surgirent dans l'ombre et bondirent sur elle en gambadant. Elle les saisit par le cou et les maintint pour les empêcher de courir. Puis elle cria de toute sa force :

— Ohé père !

Une voix répondit, très éloignée encore :

— Ohé Berthine !

Elle attendit quelques secondes, puis reprit :

— Ohé père !

La voix plus proche répéta :

— Ohé Berthine !

La forestière reprit :

— Passe pas devant le soupirail. Y a des Prussiens dans la cave.

Et brusquement la grande silhouette de l'homme se dessina sur la gauche, arrêtée entre deux troncs d'arbres. Il demanda, inquiet :

— Des Prussiens dans la cave ? Qué qui font ?

La jeune femme se mit à rire :

— C'est ceux d'hier. Ils s'étaient perdus dans la forêt, je les ai mis au frais dans la cave.

Et elle conta l'aventure, comment elle les avait effrayés avec des coups de revolver et enfermés dans le caveau.

Le vieux toujours grave demanda :

— Qué que tu veux que j'en fassions à c't' heure ?

Elle répondit :

— Va quérir M. Lavigne avec sa troupe. Il les fera prisonniers. C'est lui qui sera content.

Et le père Pichon sourit :

— C'est vrai qu'i sera content.

Sa fille reprit :

— T'as de la soupe, mange-la vite et pi repars.

Le vieux garde s'attabla, et se mit à manger la soupe après avoir posé par terre deux assiettes pleines pour ses chiens.

Les Prussiens, entendant parler, s'étaient tus.

L'Échasse repartit un quart d'heure plus tard. Et Berthine, la tête dans ses mains, attendit.

. . . .

Les prisonniers recommençaient à s'agiter. Ils criaient maintenant, appelaient, battaient sans cesse de coups de crosse furieux la trappe inébranlable.

Puis ils se mirent à tirer des coups de fusil par le soupirail, espérant sans doute être entendus si quelque détachement allemand passait dans les environs.

La forestière ne remuait plus; mais tout ce bruit l'énervait, l'irritait. Une colère méchante s'éveillait en elle; elle eût voulu les assassiner, les gueux, pour les faire taire.

Puis, son impatience grandissant, elle se mit à regarder l'horloge, à compter les minutes.

Le père était parti depuis une heure et demie. Il avait atteint la ville maintenant. Elle croyait le voir. Il racontait la chose à M. Lavigne, qui pâlissait d'émotion et sonnait sa bonne pour avoir son uniforme et ses armes. Elle entendait, lui semblait-il, le tambour courant par les rues. Les têtes effarées apparaissaient aux fenêtres. Les soldats citoyens sortaient de leurs maisons, à peine vêtus, essoufflés, bouclant leurs ceinturons, et partaient, au pas gymnastique vers la maison du commandant.

Puis la troupe, l'Échasse en tête, se mettait en marche, dans la nuit, dans la neige, vers la forêt.

Elle regardait l'horloge. "Ils peuvent être ici dans une heure."

Une impatience nerveuse l'envahissait. Les minutes lui paraissaient interminables. Comme c'était long!

Enfin, le temps qu'elle avait fixé pour leur arrivée fut marqué par l'aiguille.

Et elle ouvrit de nouveau la porte, pour les écouter venir. Elle aperçut une ombre marchant avec précaution. Elle eut peur, poussa un cri. C'était son père.

Il dit:

— Ils m'envoient pour voir s'il n'y a rien de changé.

— Non, rien.

Alors, il lança à son tour, dans la nuit, un coup de sifflet strident et prolongé. Et, bientôt, on vit une chose brune qui s'en venait, sous les arbres, lentement: l'avant-garde composée de dix hommes.

L'Échasse répétait à tout instant :

— Passez pas devant le soupirail.

Et les premiers arrivés montraient aux nouveaux venus le soupirail redouté.

Enfin le gros de la troupe se montra, en tout deux cents hommes, portant chacun deux cents cartouches.

M. Lavigne, agité, frémissant, les disposa de façon à cerner de partout la maison en laissant un large espace libre devant le petit trou noir, au ras du sol, par où la cave prenait de l'air.

Puis il entra dans l'habitation et s'informa de la force et de l'attitude de l'ennemi, devenu tellement muet qu'on aurait pu le croire disparu, évanoui, envolé par le soupirail.

M. Lavigne frappa du pied la trappe et appela :

— Monsieur l'officier prussien !

L'Allemand ne répondit pas.

Le commandant reprit :

— Monsieur l'officier prussien !

Ce fut en vain. Pendant vingt minutes il somma cet officier silencieux de se rendre avec armes et bagages, en lui promettant la vie sauve et les honneurs militaires pour lui et ses soldats. Mais il n'obtint aucun signe de consentement ou d'hostilité. La situation devenait difficile.

Les soldats-citoyens battaient la semelle dans la neige, se frappaient les épaules à grands coups de bras, comme font les cochers pour s'échauffer, et ils regardaient le soupirail avec une envie grandissante et puérile de passer devant.

Un d'eux, enfin, se hasarda, un nommé Potdevin, qui était très souple. Il prit son élan et passa en courant comme un cerf. La tentative réussit. Les prisonniers semblaient morts.

Une voix cria :

— Y a personne.

Et un autre soldat traversa l'espace libre devant le trou

dangereux. Alors ce fut un jeu. De minute en minute, un homme se lançant passait d'une troupe dans l'autre, comme font les enfants en jouant aux barres, et il lançait derrière lui des éclaboussures de neige, tant il agitait vivement les pieds. On avait allumé, pour se chauffer, de grands feux de bois mort, et ce profil courant du garde national apparaissait illuminé dans un rapide voyage du camp de droite au camp de gauche.

Quelqu'un cria :

— A toi, Maloison !

Maloison était un gros boulanger dont le ventre donnait à rire aux camarades.

Il hésitait. On le blagua. Alors, prenant son parti il se mit en route, d'un petit pas gymnastique régulier et essoufflé, qui secouait sa forte bedaine[1].

Tout le détachement riait aux larmes. On criait pour l'encourager :

— Bravo, bravo, Maloison !

Il arrivait environ aux deux tiers de son trajet quand une flamme longue, rapide et rouge jaillit du soupirail. Une détonation retentit, et le vaste boulanger s'abattit sur le nez avec un cri épouvantable.

.   .   .   .   .   .

Personne ne s'élança pour le secourir. Alors on le vit se traîner à quatre pattes dans la neige en gémissant, et, quand il fut sorti du terrible passage, il s'évanouit.

Il avait une balle dans le gras de la cuisse, tout en haut.

Après la première surprise et la première épouvante, un nouveau rire s'éleva.

Mais le commandant Lavigne apparut sur le seuil de la maison forestière. Il venait d'arrêter son plan d'attaque. Il commanda d'une voix vibrante :

— Le zingueur Planchut et ses ouvriers !

[1] bedaine : familier pour *ventre*.

Trois hommes s'approchèrent.

— Descellez les gouttières de la maison.

Et en un quart d'heure on eut apporté au commandant vingt mètres de gouttières.

Alors il fit pratiquer, avec mille précautions de prudence, un petit trou rond dans le bord de la trappe, et, organisant un conduit d'eau de la pompe à cette ouverture, il déclara d'un air enchanté :

— Nous allons offrir à boire à messieurs les Allemands.

Un hurrah frénétique d'admiration éclata suivi de hurlements de joie et de rires éperdus. Et le commandant organisa des pelotons de travail qui se relayeraient de cinq minutes en cinq minutes. Puis il commanda :

— Pompez.

Et le volant de fer ayant été mis en branle, un petit bruit glissa le long des tuyaux et tomba bientôt dans la cave, de marche en marche, avec un murmure de cascade, un murmure de rocher à poissons rouges.

On attendit.

Une heure s'écoula, puis deux, puis trois.

Le commandant fiévreux se promenait dans la cuisine, collant son oreille à terre de temps en temps, cherchant à deviner ce que faisait l'ennemi, se demandant s'il allait bientôt capituler.

Il s'agitait maintenant l'ennemi. On l'entendait remuer les barriques, parler, clapoter.

Puis, vers huit heures du matin, une voix sortit du soupirail :

— Ché foulé parlé à monsieur l'officier français.

Lavigne répondit, de la fenêtre, sans avancer trop la tête :

— Vous rendez-vous ?

— Che me rents.

— Alors, passez les fusils dehors.

Et on vit aussitôt une arme sortir du trou et tomber

4—2

dans la neige, puis deux, trois, toutes les armes. Et la même voix déclara :

— Che n'ai blus. Tépêchez-fous. Ché suis noyé.

Le commandant commanda :

— Cessez.

Le volant de la pompe retomba immobile.

Et, ayant empli la cuisine de soldats qui attendaient, l'arme au pied, il souleva lentement la trappe de chêne.

Quatre têtes apparurent, trempées, quatre têtes blondes aux longs cheveux pâles, et on vit sortir, l'un après l'autre, les six Allemands grelottants, ruisselants, effarés.

Ils furent saisis et garrottés. Puis, comme on craignait une surprise, on repartit tout de suite, en deux convois, l'un conduisant les prisonniers et l'autre conduisant Maloison sur un matelas posé sur des perches.

Ils rentrèrent triomphalement dans Rethel.

M. Lavigne fut décoré pour avoir capturé une avant-garde prussienne, et le gros boulanger eut la médaille militaire pour blessure reçue devant l'ennemi.

QUI SAIT?

I

Mon Dieu! Mon Dieu! Je vais donc écrire enfin ce qui m'est arrivé! Mais le pourrai-je? l'oserai-je? cela est si bizarre, si inexplicable, si incompréhensible, si fou!

Si je n'étais sûr de ce que j'ai vu, sûr qu'il n'y a eu, dans mes raisonnements, aucune défaillance, aucune erreur dans mes constatations, pas de lacune dans la suite inflexible de mes observations, je me croirais un simple halluciné, le jouet d'une étrange vision. Après tout, qui sait?

Je suis aujourd'hui dans une maison de santé; mais j'y suis entré volontairement, par prudence, par peur. Un seul être connaît mon histoire. Le médecin d'ici. Je vais l'écrire. Je ne sais trop pourquoi? Pour m'en débarrasser, car je la sens en moi comme un intolérable cauchemar.

La voici :

J'ai toujours été un solitaire, un rêveur, une sorte de philosophe isolé, bienveillant, content de peu, sans aigreur contre les hommes et sans rancune contre le ciel. J'ai vécu seul, sans cesse, par suite d'une sorte de gêne qu'insinue en moi la présence des autres. Comment expliquer cela? Je ne le pourrais. Je ne refuse pas de voir le monde, de causer, de dîner avec des amis, mais lorsque je les sens depuis longtemps près de moi, même les plus familiers, ils me lassent, me fatiguent, m'énervent, et j'éprouve une envie grandissante, harcelante, de les voir partir ou de m'en aller, d'être seul.

Cette envie est plus qu'un besoin, c'est une nécessité irrésistible. Et si la présence des gens avec qui je me trouve continuait, si je devais, non pas écouter, mais entendre longtemps encore leurs conversations, il m'arriverait, sans aucun doute, un accident. Lequel? Ah! qui sait? Peut-être une simple syncope? oui! probablement!

J'aime tant être seul que je ne puis même supporter le voisinage d'autres êtres dormant sous mon toit; je ne puis habiter Paris parce que j'y agonise indéfiniment. Je meurs moralement, et suis aussi supplicié dans mon corps et dans mes nerfs par cette immense foule qui grouille, qui vit autour de moi, même quand elle dort. Ah! le sommeil des autres m'est plus pénible encore que leur parole. Et je ne peux jamais me reposer, quand je sais, quand je sens, derrière un mur, des existences interrompues par ces régulières éclipses de la raison.

Pourquoi suis-je ainsi? Qui sait? La cause en est peut-être fort simple: je me fatigue très vite de tout ce qui ne se passe pas en moi. Et il y a beaucoup de gens dans mon cas.

Nous sommes deux races sur la terre. Ceux qui ont besoin des autres, que les autres distraient, occupent, reposent, et que la solitude harasse, épuise, anéantit, comme l'ascension d'un terrible glacier ou la traversée du désert, et ceux que les autres, au contraire, lassent, ennuient, gênent, courbaturent, tandis que l'isolement les calme, les baigne de repos dans l'indépendance et la fantaisie de leur pensée.

En somme, il y a là un normal phénomène psychique. Les uns sont doués pour vivre en dehors, les autres pour vivre en dedans. Moi, j'ai l'attention extérieure courte et vite épuisée, et, dès qu'elle arrive à ses limites, j'en éprouve dans tout mon corps et dans toute mon intelligence, un intolérable malaise.

Il en est résulté que je m'attache, que je m'étais attaché

beaucoup aux objets inanimés qui prennent, pour moi, une importance d'êtres, et que ma maison est devenue, était devenue, un monde où je vivais d'une vie solitaire et active, au milieu de choses, de meubles, de bibelots familiers, sympathiques à mes yeux comme des visages. Je l'en avais emplie peu à peu, je l'en avais parée, et je me sentais dedans, content, satisfait, bien heureux comme entre les bras d'une femme aimable dont la caresse accoutumée est devenue un calme et doux besoin.

J'avais fait construire cette maison dans un beau jardin qui l'isolait des routes, et à la porte d'une ville où je pouvais trouver, à l'occasion, les ressources de société dont je sentais, par moments, le désir. Tous mes domestiques couchaient dans un bâtiment éloigné, au fond du potager, qu'entourait un grand mur. L'enveloppement obscur des nuits, dans le silence de ma demeure perdue, cachée, noyée sous les feuilles des grands arbres, m'était si reposant et si bon, que j'hésitais chaque soir, pendant plusieurs heures, à me mettre au lit pour le savourer plus longtemps.

Ce jour-là, on avait joué *Sigurd* au théâtre de la ville. C'était la première fois que j'entendais ce beau drame musical et féerique, et j'y avais pris un vif plaisir.

Je revenais à pied, d'un pas allègre, la tête pleine de phrases sonores, et le regard hanté par de jolies visions. Il faisait noir, noir, mais noir au point que je distinguais à peine la grande route, et que je faillis, plusieurs fois, culbuter dans le fossé. De l'octroi chez moi, il y a un kilomètre environ, peut-être un peu plus, soit vingt minutes de marche lente. Il était une heure du matin, une heure ou une heure et demie; le ciel s'éclaircit un peu devant moi et le croissant parut, le triste croissant du dernier quartier de la lune. Le croissant du premier quartier, celui qui se lève à quatre ou cinq heures du soir, est clair, gai, frotté d'argent, mais celui qui se lève après minuit est rougeâtre, morne, inquiétant; c'est le vrai croissant du

Sabbat. Tous les noctambules ont dû faire cette remarque. Le premier, fût-il mince comme un fil, jette une petite lumière joyeuse qui réjouit le cœur, et dessine sur la terre des ombres nettes ; le dernier répand à peine une lueur mourante, si terne qu'elle ne fait presque pas d'ombres.

J'aperçus au loin la masse sombre de mon jardin, et je ne sais d'où me vint une sorte de malaise à l'idée d'entrer là-dedans. Je ralentis le pas. Il faisait très doux. Le gros tas d'arbres avait l'air d'un tombeau où ma maison était ensevelie.

J'ouvris ma barrière et je pénétrai dans la longue allée de sycomores, qui s'en allait vers le logis, arquée en voûte comme un haut tunnel, traversant des massifs opaques et contournant des gazons où les corbeilles de fleurs plaquaient, sous les ténèbres pâlies, des taches ovales aux nuances indistinctes.

En approchant de la maison, un trouble bizarre me saisit. Je m'arrêtai. On n'entendait rien. Il n'y avait pas dans les feuilles un souffle d'air. "Qu'est-ce que j'ai donc?" pensai-je. Depuis dix ans je rentrais ainsi sans que jamais la moindre inquiétude m'eût effleuré. Je n'avais pas peur. Je n'ai jamais eu peur, la nuit. La vue d'un homme, d'un maraudeur, d'un voleur m'aurait jeté une rage dans le corps, et j'aurais sauté dessus sans hésiter. J'étais armé, d'ailleurs. J'avais mon revolver. Mais je n'y touchai point, car je voulais résister à cette influence de crainte qui germait en moi.

Qu'était-ce? Un pressentiment? Le pressentiment mystérieux qui s'empare des sens des hommes quand ils vont voir de l'inexplicable? Peut-être? Qui sait?

A mesure que j'avançais, j'avais dans la peau des tressaillements, et quand je fus devant le mur, aux auvents clos, de ma vaste demeure, je sentis qu'il me faudrait attendre quelques minutes avant d'ouvrir la porte et

d'entrer dedans. Alors, je m'assis sur un banc, sous les
fenêtres de mon salon. Je restai là, un peu vibrant, la
tête appuyée contre la muraille, les yeux ouverts sur
l'ombre des feuillages. Pendant ces premiers instants, je
ne remarquai rien d'insolite autour de moi. J'avais dans
les oreilles quelques ronflements; mais cela m'arrive
souvent. Il me semble parfois que j'entends passer des
trains, que j'entends sonner des cloches, que j'entends
marcher une foule.

Puis bientôt, ces ronflements devinrent plus distincts,
plus précis, plus reconnaissables. Je m'étais trompé. Ce
n'était pas le bourdonnement ordinaire de mes artères qui
mettait dans mes oreilles ces rumeurs, mais un bruit très
particulier, très confus cependant, qui venait, à n'en point
douter, de l'intérieur de ma maison.

Je le distinguais à travers le mur, ce bruit continu,
plutôt une agitation qu'un bruit, un remuement vague d'un
tas de choses, comme si on eût secoué, déplacé, traîné
doucement tous mes meubles.

Oh! je doutai, pendant un temps assez long encore, de
la sûreté de mon oreille. Mais l'ayant collée contre un
auvent pour mieux percevoir ce trouble étrange de mon
logis, je demeurai convaincu, certain, qu'il se passait chez
moi quelque chose d'anormal et d'incompréhensible. Je
n'avais pas peur, mais j'étais—comment exprimer cela?...
effaré d'étonnement. Je n'armai pas mon revolver—
devinant fort bien que je n'en avais nul besoin. J'attendis.

J'attendis longtemps, ne pouvant me décider à rien,
l'esprit lucide, mais follement anxieux. J'attendis, debout,
écoutant toujours le bruit qui grandissait, qui prenait, par
moments, une intensité violente, qui semblait devenir un
grondement d'impatience, de colère, d'émeute mystérieuse.

Puis soudain, honteux de ma lâcheté, je saisis mon
trousseau de clefs, je choisis celle qu'il me fallait, je

l'enfonçai dans la serrure, je la fis tourner deux fois, et poussant la porte de toute ma force, j'envoyai le battant heurter la cloison.

Le coup sonna comme une détonation de fusil et voilà qu'à ce bruit d'explosion répondit, du haut en bas de ma demeure, un formidable tumulte. Ce fut si subit, si terrible, si assourdissant que je reculai de quelques pas, et que, bien que le sentant toujours inutile, je tirai de sa gaine mon revolver.

J'attendis encore, oh! peu de temps. Je distinguais, à présent, un extraordinaire piétinement sur les marches de mon escalier, sur les parquets, sur les tapis, un piétinement, non pas de chaussures, de souliers humains, mais de béquilles, de béquilles de bois et de béquilles de fer qui vibraient comme des cymbales. Et voilà que j'aperçus tout à coup, sur le seuil de ma porte, un fauteuil, mon grand fauteuil de lecture, qui sortait en se dandinant. Il s'en alla par le jardin. D'autres le suivaient, ceux de mon salon, puis les canapés bas et se traînant comme des crocodiles sur leurs courtes pattes, puis toutes mes chaises, avec des bonds de chèvres, et les petits tabourets qui trottaient comme des lapins.

Oh! quelle émotion! Je me glissai dans un massif où je demeurai accroupi, contemplant toujours ce défilé de mes meubles, car ils s'en allaient tous, l'un derrière l'autre, vite ou lentement, selon leur taille et leur poids. Mon piano, mon grand piano à queue, passa avec un galop de cheval emporté et un murmure de musique dans le flanc, les moindres objets glissaient sur le sable comme des fourmis, les brosses, les cristaux, les coupes, où le clair de lune accrochait des phosphorescences de vers luisants. Les étoffes rampaient, s'étalaient en flaques à la façon des pieuvres de la mer. Je vis paraître mon bureau, un rare bibelot du dernier siècle, et qui contenait toutes les lettres que j'ai reçues, toute l'histoire de mon cœur, une vieille histoire dont j'ai tant souffert! Et dedans étaient aussi des photographies.

Soudain, je n'eus plus peur, je m'élançai sur lui et je le saisis comme on saisit un voleur; mais il allait d'une course irrésistible, et malgré mes efforts, et malgré ma colère, je ne pus même ralentir sa marche. Comme je résistais en désespéré à cette force épouvantable, je m'abattis par terre en luttant contre lui. Alors, il me roula, me traîna sur le sable, et déjà les meubles, qui le suivaient, commençaient à marcher sur moi, piétinant mes jambes et les meurtrissant; puis, quand je l'eus lâché, les autres passèrent sur mon corps ainsi qu'une charge de cavalerie sur un soldat démonté.

Fou d'épouvante enfin, je pus me traîner hors de la grande allée et me cacher de nouveau dans les arbres, pour regarder disparaître les plus infimes objets, les plus petits, les plus modestes, les plus ignorés de moi, qui m'avaient appartenu.

Puis j'entendis, au loin, dans mon logis sonore à présent comme les maisons vides, un formidable bruit de portes refermées. Elles claquèrent du haut en bas de la demeure, jusqu'à ce que celle du vestibule que j'avais ouverte moi-même, insensé, pour ce départ, se fut close, enfin, la dernière.

Je m'enfuis aussi, courant vers la ville, et je ne repris mon sang-froid que dans les rues, en rencontrant des gens attardés. J'allai sonner à la porte d'un hôtel où j'étais connu. J'avais battu, avec mes mains, mes vêtements, pour en détacher la poussière, et je racontai que j'avais perdu mon trousseau de clefs, qui contenait aussi celle du potager, où couchaient mes domestiques en une maison isolée, derrière le mur de clôture qui préservait mes fruits et mes légumes de la visite des maraudeurs.

Je m'enfonçai jusqu'aux yeux dans le lit qu'on me donna. Mais je ne pus dormir, et j'attendis le jour en écoutant bondir mon cœur. J'avais ordonné qu'on prévînt mes gens dès l'aurore, et mon valet de chambre heurta ma porte à sept heures du matin.

Son visage semblait bouleversé.

— Il est arrivé cette nuit un grand malheur, monsieur, dit-il.

— Quoi donc?

— On a volé tout le mobilier de Monsieur, tout, tout, jusqu'aux plus petits objets.

Cette nouvelle me fit plaisir. Pourquoi? qui sait? J'étais fort maître de moi, sûr de dissimuler, de ne rien dire à personne de ce que j'avais vu, de le cacher, de l'enterrer dans ma conscience comme un effroyable secret. Je répondis:

— Alors, ce sont les mêmes personnes qui m'ont volé mes clefs. Il faut prévenir tout de suite la police. Je me lève et je vous y rejoindrai dans quelques instants.

L'enquête dura cinq mois. On ne découvrit rien, on ne trouva ni le plus petit de mes bibelots, ni la plus légère trace des voleurs. Parbleu! Si j'avais dit ce que je savais... Si je l'avais dit...on m'aurait enfermé, moi, pas les voleurs, mais l'homme qui avait pu voir une pareille chose.

Oh! je sus me taire. Mais je ne remeublai pas ma maison. C'était bien inutile. Cela aurait recommencé toujours. Je n'y voulais plus rentrer. Je n'y rentrai pas. Je ne la revis point.

Je vins à Paris, à l'hôtel, et je consultai des médecins sur mon état nerveux qui m'inquiétait beaucoup depuis cette nuit déplorable.

Ils m'engagèrent à voyager. Je suivis leur conseil.

II

Je commençai par une excursion en Italie. Le soleil me fit du bien. Pendant six mois, j'errai de Gênes à Venise, de Venise à Florence, de Florence à Rome, de

Rome à Naples. Puis je parcourus la Sicile, terre admirable par sa nature et ses monuments, reliques laissées par les Grecs et les Normands. Je passai en Afrique, je traversai pacifiquement ce grand désert jaune et calme, où errent des chameaux, des gazelles et des Arabes vagabonds, où, dans l'air léger et transparent, ne flotte aucune hantise, pas plus la nuit que le jour.

Je rentrai en France par Marseille, et malgré la gaieté provençale, la lumière diminuée du ciel m'attrista. Je ressentis, en revenant sur le continent, l'étrange impression d'un malade qui se croit guéri et qu'une douleur sourde prévient que le foyer du mal n'est pas éteint.

Puis je revins à Paris. Au bout d'un mois, je m'y ennuyai. C'était à l'automne, et je voulus faire, avant l'hiver, une excursion à travers la Normandie, que je ne connaissais pas.

Je commençai par Rouen, bien entendu, et pendant huit jours, j'errai distrait, ravi, enthousiasmé, dans cette ville du moyen âge, dans ce surprenant musée d'extra-ordinaires monuments gothiques.

Or, un soir, vers quatre heures, comme je m'engageais dans une rue invraisemblable où coule une rivière noire comme de l'encre nommée "Eau de Robec," mon attention, toute fixée sur la physionomie bizarre et antique des maisons, fut détournée tout à coup par la vue d'une série de boutiques de brocanteurs qui se suivaient de porte en porte.

Ah! ils avaient bien choisi leur endroit, ces sordides trafiquants de vieilleries, dans cette fantastique ruelle, au-dessus de ce cours d'eau sinistre, sous ces toits pointus de tuiles et d'ardoises où grinçaient encore les girouettes du passé !

Au fond des noirs magasins, on voyait s'entasser les bahuts sculptés, les faïences de Rouen, de Nevers, de Moustiers, des statues peintes, d'autres en chêne, des christs,

des vierges, des saints, des ornements d'église, des chasubles,
des chapes, même des vases sacrés et un vieux tabernacle
en bois doré. Oh! les singulières cavernes en ces hautes
maisons, en ces grandes maisons, pleines, des caves aux
greniers, d'objets de toute nature, dont l'existence semblait
finie, qui survivaient à leurs naturels possesseurs, à leur
siècle, à leur temps, à leurs modes, pour être achetés, comme
curiosités, par les nouvelles générations.

Ma tendresse pour les bibelots se réveillait dans cette
cité d'antiquaires. J'allais de boutique en boutique, traversant, en deux enjambées, les ponts de quatre planches pour-
ries jetées sur le courant nauséabond de l'Eau de Robec.

Miséricorde! Quelle secousse! Une de mes plus belles
armoires m'apparut au bord d'une voûte encombrée d'objets
et qui semblait l'entrée des catacombes d'un cimetière de
meubles anciens. Je m'approchai tremblant de tous mes
membres, tremblant tellement que je n'osais pas la toucher.
J'avançais la main, j'hésitais. C'était bien elle, pourtant :
une armoire Louis XIII unique, reconnaissable par
quiconque avait pu la voir une seule fois. Jetant soudain
les yeux un peu plus loin, vers les profondeurs plus sombres
de cette galerie, j'aperçus trois de mes fauteuils couverts de
tapisserie au petit point[1], puis, plus loin encore, mes deux
tables Henri II, si rares qu'on venait les voir de Paris.

Songez! songez à l'état de mon âme!

Et j'avançai, perclus, agonisant d'émotion, mais j'avançai,
car je suis brave, j'avançai comme un chevalier des époques
ténébreuses pénétrait en un séjour de sortilèges. Je retrou-
vais, de pas en pas, tout ce qui m'avait appartenu, mes
lustres, mes livres, mes tableaux, mes étoffes, mes armes,
tout, sauf le bureau plein de mes lettres, et que je n'aperçus
point.

J'allais, descendant à des galeries obscures pour remonter

---

[1] tapisserie au petit point : tapisserie où l'aiguille ne prend qu'un fil à
la fois.

ensuite aux étages supérieurs. J'étais seul. J'appelais, on ne répondait point. J'étais seul ; il n'y avait personne en cette maison vaste et tortueuse comme un labyrinthe.

La nuit vint, et je dus m'asseoir, dans les ténèbres, sur une de mes chaises, car je ne voulais point m'en aller. De temps en temps je criais : — Holà ! holà ! quelqu'un !

J'étais là, certes, depuis plus d'une heure quand j'entendis des pas, des pas légers, lents, je ne sais où. Je faillis me sauver ; mais, me raidissant, j'appelai de nouveau, et, j'aperçus une lueur dans la chambre voisine.

— Qui est là ? dit une voix.

Je répondis :

— Un acheteur.

On répliqua :

— Il est bien tard pour entrer ainsi dans les boutiques.

Je repris :

— Je vous attends depuis plus d'une heure.

— Vous pouviez revenir demain.

— Demain, j'aurai quitté Rouen.

Je n'osais point avancer, et il ne venait pas. Je voyais toujours la lueur de sa lumière éclairant une tapisserie où deux anges volaient au-dessus des morts d'un champ de bataille. Elle m'appartenait aussi. Je dis :

— Eh bien ! Venez-vous ?

Il répondit :

— Je vous attends.

Je me levai et j'allai vers lui.

Au milieu d'une grande pièce était un tout petit homme, tout petit et très gros, gros comme un phénomène, un hideux phénomène.

Il avait une barbe rare, aux poils inégaux, clairsemés et jaunâtres, et pas un cheveu sur la tête ! Pas un cheveu ! Comme il tenait sa bougie élevée à bout de bras pour m'apercevoir, son crâne m'apparut comme une petite lune dans cette vaste chambre encombrée de vieux meubles. La figure était ridée et bouffie, les yeux imperceptibles.

Je marchandai trois chaises qui étaient à moi, et les payai sur-le-champ une grosse somme, en donnant simplement le numéro de mon appartement à l'hôtel. Elles devaient être livrées le lendemain avant neuf heures.

Puis je sortis. Il me reconduisit jusqu'à sa porte avec beaucoup de politesse.

Je me rendis ensuite chez le commissaire central de la police, à qui je racontai le vol de mon mobilier et la découverte que je venais de faire.

Il demanda séance tenante des renseignements par télégraphe au parquet qui avait instruit l'affaire de ce vol, en me priant d'attendre la réponse. Une heure plus tard, elle lui parvint tout à fait satisfaisante pour moi.

— Je vais faire arrêter cet homme et l'interroger tout de suite, me dit-il, car il pourrait avoir conçu quelque soupçon et faire disparaître ce qui vous appartient. Voulez-vous aller dîner et revenir dans deux heures, je l'aurai ici et je lui ferai subir un nouvel interrogatoire devant vous.

— Très volontiers, monsieur. Je vous remercie de tout mon cœur.

J'allai dîner à mon hôtel, et je mangeai mieux que je n'aurais cru. J'étais assez content tout de même. On le tenait.

Deux heures plus tard, je retournai chez le fonctionnaire de la police qui m'attendait.

— Eh bien ! monsieur, me dit-il en m'apercevant. On n'a pas trouvé votre homme. Mes agents n'ont pu mettre la main dessus.

— Ah !

Je me sentis défaillir.

— Mais… Vous avez bien trouvé sa maison ? demandai-je.

— Parfaitement. Elle va même être surveillée et gardée jusqu'à son retour. Quant à lui, disparu.

— Disparu ?

— Disparu. Il passe ordinairement ses soirées chez sa voisine, une brocanteuse aussi, une drôle de sorcière, la veuve Bidoin. Elle ne l'a pas vu ce soir et ne peut donner sur lui aucun renseignement. Il faut attendre demain.

Je m'en allai. Ah ! que les rues de Rouen me semblèrent sinistres, troublantes, hantées !

Je dormis si mal, avec des cauchemars à chaque bout de sommeil.

Comme je ne voulais pas paraître trop inquiet ou pressé, j'attendis jusqu'à dix heures, le lendemain, pour me rendre à la police.

Le marchand n'avait pas reparu. Son magasin demeurait fermé.

Le commissaire me dit :

— J'ai fait toutes les démarches nécessaires. Le parquet est au courant de la chose ; nous allons aller ensemble à cette boutique et la faire ouvrir, vous m'indiquerez tout ce qui est à vous.

Un coupé nous emporta. Des agents stationnaient, avec un serrurier, devant la porte de la boutique, qui fut ouverte.

Je n'aperçus, en entrant, ni mon armoire, ni mes fauteuils, ni mes tables, ni rien, rien, de ce qui avait meublé ma maison, mais rien, alors que la veille au soir je ne pouvais faire un pas sans rencontrer un de mes objets.

Le commissaire central, surpris, me regarda d'abord avec méfiance.

— Mon Dieu, monsieur, lui dis-je, la disparition de ces meubles coïncide étrangement avec celle du marchand.

Il sourit :

— C'est vrai ! Vous avez eu tort d'acheter et de payer des bibelots à vous, hier. Cela lui a donné l'éveil.

Je repris :

— Ce qui me paraît incompréhensible, c'est que toutes les places occupées par mes meubles sont maintenant remplies par d'autres.

— Oh! répondit le commissaire, il a eu toute la nuit, et des complices sans doute. Cette maison doit communiquer avec les voisines. Ne craignez rien, monsieur, je vais m'occuper très activement de cette affaire. Le brigand ne nous échappera pas longtemps puisque nous gardons la tanière.

.   .   ,   .   .   .

Ah! mon cœur, mon cœur, mon pauvre cœur, comme il battait!

.   .   ,   .   .   .

Je demeurai quinze jours à Rouen. L'homme ne revint pas. Parbleu! parbleu! Cet homme-là qui est-ce qui aurait pu l'embarrasser ou le surprendre?

Or, le seizième jour, au matin, je reçus de mon jardinier, gardien de ma maison pillée et demeurée vide, l'étrange lettre que voici:

"Monsieur,

"J'ai l'honneur d'informer monsieur qu'il s'est passé, la nuit dernière, quelque chose que personne ne comprend, et la police pas plus que nous. Tous les meubles sont revenus, tous sans exception, tous, jusqu'aux plus petits objets. La maison est maintenant toute pareille à ce qu'elle était la veille du vol. C'est à en perdre la tête. Cela s'est fait dans la nuit de vendredi à samedi. Les chemins sont défoncés comme si on avait traîné tout de la barrière à la porte. Il en était ainsi le jour de la disparition.

"Nous attendons monsieur, dont je suis le très humble serviteur.

"RAUDIN, PHILIPPE."

Ah! mais non, ah! mais non, ah! mais non. Je n'y retournerai pas!

Je portai la lettre au commissaire de Rouen.

— C'est une restitution très adroite, dit-il. Faisons les morts[1]. Nous pincerons l'homme un de ces jours.

. . . . . .

Mais on ne l'a pas pincé. Non. Ils ne l'ont pas pincé, et j'ai peur de lui, maintenant, comme si c'était une bête féroce lâchée derrière moi.

Introuvable! il est introuvable, ce monstre à crâne de lune. On ne le prendra jamais. Il ne reviendra point chez lui. Que lui importe à lui! Il n'y a que moi qui peux le rencontrer, et je ne veux pas.

Je ne veux pas! je ne veux pas! je ne veux pas!

Et s'il revient, s'il rentre dans sa boutique, qui pourra prouver que mes meubles étaient chez lui? Il n'y a contre lui que mon témoignage; et je sens bien qu'il devient suspect.

Ah! mais non! cette existence n'était plus possible. Et je ne pouvais pas garder le secret de ce que j'ai vu. Je ne pouvais pas continuer à vivre comme tout le monde avec la crainte que des choses pareilles recommençassent.

Je suis venu trouver le médecin qui dirige cette maison de santé, et je lui ai tout raconté.

Après m'avoir interrogé longtemps, il m'a dit:

— Consentiriez-vous, monsieur, à rester quelque temps ici?

—Très volontiers, monsieur.

— Vous avez de la fortune?

— Oui, monsieur.

— Voulez-vous un pavillon isolé?

— Oui, monsieur.

— Voudrez-vous recevoir des amis?

[1] Faire le mort: c.-à-d., faire semblant d'être mort.

— Non, monsieur, non, personne.   L'homme de Rouen pourrait oser, par vengeance, me poursuivre ici.   .   .

.   .   .   .

Et je suis seul, seul, tout seul, depuis trois mois.   Je suis tranquille à peu près.   Je n'ai qu'une peur... Si l'antiquaire devenait fou... et si on l'amenait en cet asile... Les prisons elles-mêmes ne sont pas sûres...

MENUET

A Paul Bourget.

Les grands malheurs ne m'attristent guère, dit Jean Bridelle, un vieux garçon qui passait pour sceptique. J'ai vu la guerre de bien près : j'enjambais les corps sans apitoiement. Les fortes brutalités de la nature ou des hommes peuvent nous faire pousser des cris d'horreur ou d'indignation, mais ne nous donnent point ce pincement au cœur, ce frisson qui vous passe dans le dos à la vue de certaines petites choses navrantes.

La plus violente douleur qu'on puisse éprouver, certes, est la perte d'un enfant pour une mère, et la perte de la mère pour un homme. Cela est violent, terrible, cela bouleverse et déchire ; mais on guérit de ces catastrophes comme de larges blessures saignantes. Or, certaines rencontres, certaines choses entr'aperçues, devinées, certains chagrins secrets, certaines perfidies du sort, qui remuent en nous tout un monde douloureux de pensées, qui entr'ouvrent devant nous brusquement la porte mystérieuse des souffrances morales, compliquées, incurables, d'autant plus profondes qu'elles semblent bénignes, d'autant plus cuisantes qu'elles semblent presque insaisissables, d'autant plus tenaces qu'elles semblent factices, nous laissent à l'âme comme une traînée de tristesse, un goût d'amertume, une sensation de désenchantement dont nous sommes longtemps à nous débarrasser.

J'ai toujours devant les yeux deux ou trois choses que

d'autres n'eussent point remarquées assurément, et qui sont entrées en moi comme de longues et minces piqûres inguérissables.

Vous ne comprendriez peut-être pas l'émotion qui m'est restée de ces rapides impressions. Je ne vous en dirai qu'une. Elle est très vieille, mais vive comme d'hier. Il se peut que mon imagination seule ait fait les frais de mon attendrissement.

J'ai cinquante ans. J'étais jeune alors et j'étudiais le droit. Un peu triste, un peu rêveur, imprégné d'une philosophie mélancolique, je n'aimais guère ni les cafés bruyants, ni les camarades braillards. Je me levais tôt ; et une de mes plus chères voluptés était de me promener seul, vers huit heures du matin, dans la pépinière du Luxembourg[1].

Vous ne l'avez pas connue, vous autres, cette pépinière ? C'était comme un jardin oublié de l'autre siècle, un jardin joli comme un doux sourire de vieille. Des haies touffues séparaient les allées étroites et régulières, allées calmes entre deux murs de feuillage taillés avec méthode. Les grands ciseaux du jardinier alignaient sans relâche ces cloisons de branches ; et, de place en place, on rencontrait des parterres de fleurs, des plates-bandes de petits arbres rangés comme des collégiens en promenade, des sociétés de rosiers magnifiques ou des régiments d'arbres à fruit.

Tout un coin de ce ravissant bosquet était habité par les abeilles. Leurs maisons de paille, savamment espacées sur des planches, ouvraient au soleil leurs portes grandes comme l'entrée d'un dé à coudre ; et on rencontrait tout le long des chemins les mouches bourdonnantes et dorées, vraies maîtresses de ce lieu pacifique, vraies promeneuses de ces tranquilles allées en corridors.

Je venais là presque tous les matins. Je m'asseyais sur

---

[1] Le Luxembourg : aujourd'hui grand musée de Paris, où on expose des tableaux des peintres modernes. Au sud du musée se trouve le beau Jardin du Luxembourg.

un banc et je lisais. Parfois je laissais retomber le livre sur mes genoux pour rêver, pour écouter autour de moi vivre Paris, et jouir du repos infini de ces charmilles à la mode ancienne.

Mais je m'aperçus bientôt que je n'étais pas seul à fréquenter ce lieu dès l'ouverture des barrières, et je rencontrais parfois, nez à nez, au coin d'un massif, un étrange petit vieillard.

Il portait des souliers à boucles d'argent, une culotte à pont[1], une redingote tabac d'Espagne, une dentelle en guise de cravate et un invraisemblable chapeau gris à grands bords et à grands poils, qui faisait penser au déluge.

Il était maigre, fort maigre, anguleux, grimaçant et souriant. Ses yeux vifs palpitaient, s'agitaient sous un mouvement continu des paupières ; et il avait toujours à la main une superbe canne à pommeau d'or qui devait être pour lui quelque souvenir magnifique.

Ce bonhomme m'étonna d'abord, puis m'intéressa outre mesure. Et je le guettais à travers les murs de feuilles, je le suivais de loin, m'arrêtant au détour des bosquets pour n'être point vu.

Et voilà qu'un matin, comme il se croyait bien seul, il se mit à faire des mouvements singuliers : quelques petits bonds d'abord, puis une révérence ; puis il battit, de sa jambe grêle, un entrechat encore alerte, puis il commença à pivoter galamment, sautillant, se trémoussant d'une façon drôle, souriant comme devant un public, faisant des grâces, arrondissant les bras, tortillant son pauvre corps de marionnette, adressant dans le vide de légers saluts attendrissants et ridicules. Il dansait !

Je demeurais pétrifié d'étonnement, me demandant lequel des deux était fou, lui, ou moi.

Mais il s'arrêta soudain, s'avança comme font les acteurs

[1] culotte à pont: culotte qu'on boutonne des deux côtés, comme un pantalon de matelot.

sur la scène, puis s'inclina en reculant avec des sourires gracieux et des baisers de comédienne qu'il jetait de sa main tremblante aux deux rangées d'arbres taillés.

Et il reprit avec gravité sa promenade.

A partir de ce jour, je ne le perdis plus de vue; et, chaque matin, il recommençait son exercice invraisemblable.

Une envie folle me prit de lui parler. Je me risquai, et, l'ayant salué, je lui dis:

— Il fait bien bon aujourd'hui, Monsieur.

Il s'inclina.

— Oui, Monsieur, c'est un vrai temps de jadis.

Huit jours après, nous étions amis, et je connus son histoire. Il avait été maître de danse à l'Opéra, du temps du roi Louis XV[1]. Sa belle canne était un cadeau du comte de Clermont[2]. Et, quand on lui parlait de danse, il ne s'arrêtait plus de bavarder.

Or, voilà qu'un jour il me confia:

— J'ai épousé la Castris, Monsieur. Je vous présenterai si vous voulez, mais elle ne vient ici que sur le tantôt[3]. Ce jardin, voyez-vous, c'est notre plaisir et notre vie. C'est tout ce qui nous reste d'autrefois. Il nous semble que nous ne pourrions plus exister si nous ne l'avions point. Cela est vieux et distingué, n'est-ce pas? Je crois y respirer un air qui n'a point changé depuis ma jeunesse. Ma femme et moi, nous y passons toutes nos après-midi. Mais, moi, j'y viens dès le matin, car je me lève de bonne heure.

Dès que j'eus fini de déjeuner, je retournai au Luxembourg, et bientôt j'aperçus mon ami qui donnait le bras

[1] Roi de France, 1715-74.

[2] Stanislas, comte de Clermont, grand seigneur, politique, orateur, de la période de la Révolution. Libéral, mais pas assez, il fut assassiné dans l'émeute du 10 août, 1792.

[3] sur le tantôt: dans l'après-midi; plus souvent—après quelque temps, plus tard.

avec cérémonie à une toute vieille petite femme vêtue de noir, et à qui je fus présenté. C'était la Castris, la grande danseuse aimée des princes, aimée du roi, aimée de tout ce siècle galant qui semble avoir laissé dans le monde une odeur d'amour.

Nous nous assîmes sur un banc. C'était au mois de mai. Un parfum de fleurs voltigeait dans les allées proprettes ; un bon soleil glissait entre les feuilles et semait sur nous de larges gouttes de lumière. La robe noire de la Castris semblait toute mouillée de clarté.

Le jardin était vide. On entendait au loin rouler des fiacres.

— Expliquez-moi donc, dis-je au vieux danseur, ce que c'était que le menuet ?

Il tressaillit.

— Le menuet, Monsieur, c'est la reine des danses, et la danse des Reines, entendez-vous ? Depuis qu'il n'y a plus de Rois, il n'y a plus de menuet.

Et il commença, en style pompeux, un long éloge dithyrambique auquel je ne compris rien. Je voulus me faire décrire les pas, tous les mouvements, les poses. Il s'embrouillait, s'exaspérant de son impuissance, nerveux et désolé.

Et soudain, se tournant vers son antique compagne, toujours silencieuse et grave :

— Élise, veux-tu, dis, veux-tu, tu seras bien gentille, veux-tu que nous montrions à monsieur ce que c'était ?

Elle tourna ses yeux inquiets de tous les côtés, puis se leva sans dire un mot et vint se placer en face de lui.

Alors je vis une chose inoubliable.

Ils allaient et venaient avec des simagrées enfantines, se souriaient, se balançaient, s'inclinaient, sautillaient pareils à deux vieilles poupées qu'aurait fait danser une mécanique ancienne, un peu brisée, construite jadis par un ouvrier fort habile, suivant la manière de son temps.

Et je les regardais, le cœur troublé de sensations extraordinaires, l'âme émue d'une indicible mélancolie. Il me semblait voir une apparition lamentable et comique, l'ombre démodée d'un siècle. J'avais envie de rire et besoin de pleurer.

Tout à coup ils s'arrêtèrent, ils avaient terminé les figures de la danse. Pendant quelques secondes ils restèrent debout l'un devant l'autre, grimaçant d'une façon surprenante ; puis ils s'embrassèrent en sanglotant.

Je partais, trois jours après, pour la province. Je ne les ai point revus. Quand je revins à Paris, deux ans plus tard, on avait détruit la pépinière. Que sont-ils devenus sans le cher jardin d'autrefois, avec ses jardins en labyrinthe, son odeur du passé et les détours gracieux des charmilles ?

Sont-ils morts ? Errent-ils par les rues modernes comme des exilés sans espoir ? Dansent-ils, spectres falots, un menuet fantastique entre les cyprès d'un cimetière, le long des sentiers bordés de tombes, au clair de lune ?

Leur souvenir me hante, m'obsède, me torture, demeure en moi comme une blessure. Pourquoi ? Je n'en sais rien.

Vous trouverez cela ridicule, sans doute ?

L'AVENTURE

DE WALTER SCHNAFFS

A Robert Pinchon.

Depuis son entrée en France avec l'armée d'invasion[1], Walter Schnaffs se jugeait le plus malheureux des hommes. Il était gros, marchait avec peine, soufflait beaucoup et souffrait affreusement des pieds qu'il avait fort plats et fort gras. Il était en outre pacifique et bienveillant, nullement magnanime ou sanguinaire, père de quatre enfants qu'il adorait et marié avec une jeune femme blonde, dont il regrettait désespérément chaque soir les tendresses, les petits soins et les baisers. Il aimait se lever tard et se coucher tôt, manger lentement de bonnes choses et boire de la bière dans les brasseries. Il songeait en outre que tout ce qui est doux dans l'existence disparaît avec la vie : et il gardait au cœur une haine épouvantable, instinctive et raisonnée en même temps, pour les canons, les fusils, les revolvers et les sabres, mais surtout pour les baïonnettes, se sentant incapable de manœuvrer assez vivement cette arme rapide pour défendre son gros ventre.

Et, quand il se couchait sur la terre, la nuit venue, roulé dans son manteau à côté des camarades qui ronflaient, il pensait longuement aux siens laissés là-bas et aux dangers semés sur sa route : "S'il était tué, que deviendraient les petits ? Qui donc les nourrirait et les élèverait ? " A l'heure même, ils n'étaient pas riches, malgré les dettes qu'il avait contractées en partant pour leur laisser quelque argent. Et Walter Schnaffs pleurait quelquefois.

[1] l'armée d'invasion : l'armée allemande qui envahit la France en 1870.

Au commencement des batailles il se sentait dans les jambes de telles faiblesses qu'il se serait laissé tomber, s'il n'avait songé que toute l'armée lui passerait sur le corps. Le sifflement des balles hérissait le poil sur sa peau.

Depuis des mois il vivait ainsi dans la terreur et dans l'angoisse.

Son corps d'armée s'avançait vers la Normandie ; et il fut un jour envoyé en reconnaissance avec un faible détachement qui devait simplement explorer une partie du pays et se replier ensuite. Tout semblait calme dans la campagne ; rien n'indiquait une résistance préparée.

Or, les Prussiens descendaient avec tranquillité dans une petite vallée que coupaient des ravins profonds, quand une fusillade violente les arrêta net, jetant bas une vingtaine des leurs ; et une troupe de francs-tireurs, sortant brusquement d'un petit bois grand comme la main, s'élança en avant, la baïonnette au fusil.

Walter Schnaffs demeura d'abord immobile, tellement surpris et éperdu qu'il ne pensait même pas à fuir. Puis un désir fou de détaler le saisit ; mais il songea aussitôt qu'il courait comme une tortue en comparaison des maigres Français qui arrivaient en bondissant comme un troupeau de chèvres. Alors, apercevant à six pas devant lui un large fossé plein de broussailles couvertes de feuilles sèches, il y sauta à pieds joints, sans songer même à la profondeur, comme on saute d'un pont dans une rivière.

Il passa, à la façon d'une flèche, à travers une couche épaisse de lianes et de ronces aiguës qui lui déchirèrent la face et les mains, et il tomba lourdement assis sur un lit de pierres.

Levant aussitôt les yeux, il vit le ciel par le trou qu'il avait fait. Ce trou révélateur le pouvait dénoncer, et il se traîna avec précaution, à quatre pattes, au fond de cette ornière, sous le toit de branchages enlacés, allant le plus vite possible, en s'éloignant du lieu du combat. Puis il s'arrêta et s'assit de nouveau, tapi comme un lièvre au milieu des hautes herbes sèches.

Il entendit pendant quelque temps encore des détonations, des cris et des plaintes. Puis les clameurs de la lutte s'affaiblirent, cessèrent. Tout redevint muet et calme.

Soudain quelque chose remua contre lui. Il eut un sursaut épouvantable. C'était un petit oiseau qui, s'étant posé sur une branche, agitait des feuilles mortes. Pendant près d'une heure, le cœur de Walter Schnaffs en battit à grands coups pressés.

La nuit venait, emplissant d'ombre le ravin. Et le soldat se mit à songer. Qu'allait-il faire? Qu'allait-il devenir? Rejoindre son armée?...Mais comment? Mais par où? Et il lui faudrait recommencer l'horrible vie d'angoisses, d'épouvantes, de fatigues et de souffrances qu'il menait depuis le commencement de la guerre! Non! Il ne se sentait plus ce courage. Il n'aurait plus l'énergie qu'il fallait pour supporter les marches et affronter les dangers de toutes les minutes.

Mais que faire? Il ne pouvait rester dans ce ravin et s'y cacher jusqu'à la fin des hostilités. Non, certes. S'il n'avait pas fallu manger, cette perspective ne l'aurait pas trop atterré ; mais il fallait manger, manger tous les jours.

Et il se trouvait ainsi tout seul, en armes, en uniforme, sur le territoire ennemi, loin de ceux qui le pouvaient défendre. Des frissons lui couraient sur la peau.

Soudain il pensa: "Si seulement j'étais prisonnier!" Et son cœur frémit de désir, d'un désir violent, immodéré, d'être prisonnier des Français. Prisonnier! Il serait sauvé, nourri, logé, à l'abri des balles et des sabres, sans appréhension possible, dans une bonne prison bien gardée. Prisonnier! Quel rêve!

Et sa résolution fut prise immédiatement:

— Je vais me constituer prisonnier.

Il se leva, résolu à exécuter ce projet sans tarder d'une

minute. Mais il demeura immobile, assailli soudain par
des réflexions fâcheuses et par des terreurs nouvelles.

Où allait-il se constituer prisonnier? Comment? De
quel côté? Et des images affreuses, des images de mort, se
précipitèrent dans son âme.

Il allait courir des dangers terribles en s'aventurant seul,
avec son casque à pointe, par la campagne.

S'il rencontrait des paysans? Ces paysans, voyant un
Prussien perdu, un Prussien sans défense, le tueraient comme
un chien errant! Ils le massacreraient avec leurs fourches,
leurs pioches, leurs faux, leurs pelles! Ils en feraient une
bouillie, une pâtée, avec l'acharnement des vaincus exas-
pérés.

S'il rencontrait des francs-tireurs? Ces francs-tireurs
des enragés sans loi ni discipline, le fusilleraient pour
s'amuser, pour passer une heure, histoire de rire en voyant
sa tête. Et il se croyait déjà appuyé contre un mur en
face de douze canons de fusils, dont les petits trous ronds
et noirs semblaient le regarder.

S'il rencontrait l'armée française elle-même? Les hommes d'avant-garde le prendraient pour un éclaireur, pour
quelque hardi et malin troupier parti seul en reconnaissance,
et ils lui tireraient dessus. Et il entendait déjà les détonations
irrégulières des soldats couchés dans les broussailles, tandis
que lui, debout au milieu d'un champ, s'affaissait, troué
comme une écumoire par les balles qu'il sentait entrer dans
sa chair.

Il se rassit, désespéré. Sa situation lui paraissait sans
issue.

La nuit était tout à fait venue, la nuit muette et noire.
Il ne bougeait plus, tressaillant à tous les bruits inconnus
et légers qui passent dans les ténèbres. Un lapin, tapant du
cul au bord d'un terrier, faillit faire s'enfuir Walter Schnaffs.
Les cris des chouettes lui déchiraient l'âme, le traversant de
peurs soudaines, douloureuses comme des blessures. Il

écarquillait ses gros yeux pour tâcher de voir dans l'ombre ; et il s'imaginait à tout moment entendre marcher près de lui.

Après d'interminables heures et des angoisses de damné, il aperçut, à travers son plafond de branchages, le ciel qui devenait clair.   Alors, un soulagement immense le pénétra ; ses membres se détendirent, reposés soudain ; son cœur s'apaisa ; ses yeux se fermèrent.   Il s'endormit.

Quand il se réveilla, le soleil lui parut arrivé à peu près au milieu du ciel ; il devait être midi.   Aucun bruit ne troublait la paix morne des champs ; et Walter Schnaffs s'aperçut qu'il était atteint d'une faim aiguë.

Il bâillait, la bouche humide à la pensée du saucisson, du bon saucisson des soldats ; et son estomac lui faisait mal.

Il se leva, fit quelques pas, sentit que ses jambes étaient faibles, et se rassit pour réfléchir.   Pendant deux ou trois heures encore, il établit le pour et le contre, changeant à tout moment de résolution, combattu, malheureux, tiraillé par les raisons les plus contraires.

Une idée lui parut enfin logique et pratique, c'était de guetter le passage d'un villageois seul, sans armes, et sans outils de travail dangereux, de courir au-devant de lui et de se remettre en ses mains en lui faisant bien comprendre qu'il se rendait.

Alors il ôta son casque, dont la pointe le pouvait trahir, et il sortit sa tête au bord de son trou, avec des précautions infinies.

Aucun être isolé ne se montrait à l'horizon.   Là-bas, à droite, un petit village envoyait au ciel la fumée de ses toits, la fumée des cuisines !   Là-bas, à gauche, il apercevait, au bout des arbres d'une avenue, un grand château flanqué de tourelles.

Il attendit jusqu'au soir, souffrant affreusement, ne voyant rien que des vols de corbeaux, n'entendant rien que les plaintes sourdes de ses entrailles.

Et la nuit encore tomba sur lui.

Il s'allongea au fond de sa retraite et il s'endormit d'un sommeil fiévreux, hanté de cauchemars, d'un sommeil d'homme affamé.

L'aurore se leva de nouveau sur sa tête. Il se remit en observation. Mais la campagne restait vide comme la veille ; et une peur nouvelle entrait dans l'esprit de Walter Schnaffs, la peur de mourir de faim ! Il se voyait étendu au fond de son trou, sur le dos, les deux yeux fermés. Puis des bêtes, des petites bêtes de toute sorte s'approchaient de son cadavre et se mettaient à le manger, l'attaquant partout à la fois, se glissant sous ses vêtements pour mordre sa peau froide. Et un grand corbeau lui piquait les yeux de son bec effilé.

Alors, il devint fou, s'imaginant qu'il allait s'évanouir de faiblesse et ne plus pouvoir marcher. Et déjà, il s'apprêtait à s'élancer vers le village, résolu à tout oser, à tout braver, quand il aperçut trois paysans qui s'en allaient aux champs avec leurs fourches sur l'épaule, et il se replongea dans sa cachette.

Mais, dès que le soir obscurcit la plaine, il sortit lentement du fossé, et se mit en route, courbé, craintif, le cœur battant, vers le château lointain, préférant entrer là-dedans plutôt qu'au village qui lui semblait redoutable comme une tanière pleine de tigres.

Les fenêtres d'en bas brillaient. Une d'elles était même ouverte ; et une forte odeur de viande cuite s'en échappait, une odeur qui pénétra brusquement dans le nez et jusqu'au fond du ventre de Walter Schnaffs ; qui le crispa, le fit haleter, l'attirant irrésistiblement, lui jetant au cœur une audace désespérée.

Et brusquement, sans réfléchir, il apparut, casqué, dans le cadre de la fenêtre.

Huit domestiques dînaient autour d'une grande table. Mais soudain une bonne demeura béante, laissant tomber son verre, les yeux fixes. Tous les regards suivirent le sien !

On aperçut l'ennemi !

Seigneur ! les Prussiens attaquaient le château !...

Ce fut d'abord un cri, un seul cri, fait de huit cris poussés sur huit tons différents, un cri d'épouvante horrible, puis une levée tumultueuse, une bousculade, une mêlée, une fuite éperdue vers la porte du fond. Les chaises tombaient les hommes renversaient les femmes et passaient dessus. En deux secondes, la pièce fut vide, abandonnée, avec la table couverte de mangeaille en face de Walter Schnaffs stupéfait, toujours debout dans sa fenêtre.

Après quelques instants d'hésitation, il enjamba le mur d'appui et s'avança vers les assiettes. Sa faim exaspérée le faisait trembler comme un fiévreux : mais une terreur le retenait, le paralysait encore. Il écouta. Toute la maison semblait frémir ; des portes se fermaient, des pas rapides couraient sur le plancher du dessus. Le Prussien inquiet tendait l'oreille à ces confuses rumeurs ; puis il entendit des bruits sourds comme si des corps fussent tombés dans la terre molle, au pied des murs, des corps humains sautant du premier étage.

Puis tout mouvement, toute agitation cessèrent, et le grand château devint silencieux comme un tombeau.

Walter Schnaffs s'assit devant une assiette restée intacte, et il se mit à manger. Il mangeait par grandes bouchées comme s'il eût craint d'être interrompu trop tôt, de n'en pouvoir engloutir assez. Il jetait à deux mains les morceaux dans sa bouche ouverte comme une trappe ; et des paquets de nourriture lui descendaient coup sur coup dans l'estomac, gonflant sa gorge en passant. Parfois, il s'interrompait, prêt à crever à la façon d'un tuyau trop plein. Il prenait alors la cruche au cidre et se déblayait l'œsophage, comme on lave un conduit bouché.

Il vida toutes les assiettes, tous les plats et toutes les

bouteilles; puis, saoul de liquide et de mangeaille, abruti, rouge, secoué par des hoquets, l'esprit troublé et la bouche grasse, il déboutonna son uniforme pour souffler, incapable d'ailleurs de faire un pas. Ses yeux se fermaient, ses idées s'engourdissaient; il posa son front pesant dans ses bras croisés sur la table, et il perdit doucement la notion des choses et des faits.

Le dernier croissant éclairait vaguement l'horizon au-dessus des arbres du parc. C'était l'heure froide qui précède le jour.

Des ombres glissaient dans les fourrés, nombreuses et muettes; et parfois, un rayon de lune faisait reluire dans l'ombre une pointe d'acier.

Le château tranquille dressait sa grande silhouette noire. Deux fenêtres seules brillaient encore au rez-de-chaussée.

Soudain, une voix tonnante hurla :

— En avant! nom d'un nom! à l'assaut! mes enfants!

Alors, en un instant, les portes, les contrevents et les vitres s'enfoncèrent sous un flot d'hommes qui s'élança, brisa, creva tout, envahit la maison. En un instant cinquante soldats, armés jusqu'aux cheveux, bondirent dans la cuisine où reposait pacifiquement Walter Schnaffs, et, lui posant sur la poitrine cinquante fusils chargés, le culbutèrent, le roulèrent, le saisirent, le lièrent des pieds à la tête.

Il haletait d'ahurissement, trop abruti pour comprendre, battu, crossé et fou de peur.

Et tout d'un coup, un gros militaire chamarré d'or lui planta son pied sur le ventre en vociférant :

— Vous êtes mon prisonnier, rendez-vous !

Le Prussien n'entendit que ce seul mot "prisonnier," et il gémit : "*ya, ya, ya.*"

Il fut relevé, ficelé sur une chaise, et examiné avec une vive curiosité par ses vainqueurs qui soufflaient comme des baleines. Plusieurs s'assirent, n'en pouvant plus d'émotion et de fatigue.

Il souriait, lui, il souriait maintenant, sûr d'être enfin prisonnier !

Un autre officier entra et prononça :

— Mon colonel, les ennemis se sont enfuis ; plusieurs semblent avoir été blessés. Nous restons maîtres de la place.

Le gros militaire qui s'essuyait le front vociféra : "Victoire !"

Et il écrivit sur un petit agenda de commerce tiré de sa poche :

"Après une lutte acharnée, les Prussiens ont dû battre en retraite, emportant leurs morts et leurs blessés, qu'on évalue à cinquante hommes hors de combat. Plusieurs sont restés entre nos mains."

Le jeune officier reprit :

— Quelles dispositions dois-je prendre, mon colonel ?

Le colonel répondit :

— Nous allons nous replier pour éviter un retour offensif avec de l'artillerie et des forces supérieures.

Et il donna l'ordre de repartir.

La colonne se reforma dans l'ombre, sous les murs du château, et se mit en mouvement, enveloppant de partout Walter Schnaffs garrotté, tenu par six guerriers le revolver au poing.

Des reconnaissances furent envoyées pour éclairer la route. On avançait avec prudence, faisant halte de temps en temps.

Au jour levant, on arrivait à la sous-préfecture de la Roche-Oysel, dont la garde nationale avait accompli ce fait d'armes.

La population anxieuse et surexcitée attendait. Quand on aperçut le casque du prisonnier, des clameurs formidables éclatèrent. Les femmes levaient les bras ; des vieilles pleuraient ; un aïeul lança sa béquille au Prussien et blessa le nez d'un de ses gardiens.

Le colonel hurlait:

— Veillez à la sûreté du captif.

On parvint enfin à la maison de ville. La prison fut ouverte, et Walter Schnaffs jeté dedans, libre de liens. Deux cents hommes en armes montèrent la garde autour du bâtiment.

Alors, malgré des symptômes d'indigestion qui le tourmentaient depuis quelque temps, le Prussien, fou de joie, se mit à danser, à danser éperdument, en levant les bras et les jambes, à danser en poussant des cris frénétiques, jusqu'au moment où il tomba, épuisé au pied d'un mur.

Il était prisonnier ! Sauvé !

C'est ainsi que le château de Champignet fut repris à l'ennemi après six heures seulement d'occupation.

Le colonel Ratier, marchand de drap, qui enleva cette affaire à la tête des gardes nationaux de La Roche-Oysel, fut décoré.

EXERCICES

1ᵉʳ EXERCICE : pages 1—4 : GENRES, ARTICLE PARTITIF.

I was living at this time in my old home, where I had been born and where I grew up, but I was not well: my nerves were upset—I used to go out for a walk in good spirits and come back depressed. I had an unaccountable feeling that something terrible was going to happen. My doctor found my pulse rapid and my nerves jumpy but nothing serious. It was especially in the evening that this inexplicable uneasiness came on. I double-locked my bedroom door and listened for—what? I could not sleep for hours and, when I did get to sleep at last, I had horrible nightmares and woke up screaming, in a cold sweat.

(T.) 1. Développez un peu la thèse " *L'amour du pays natal.*"
    2. Où demeurait l'auteur?
    3. Décrivez les cauchemars qui étreignaient l'auteur.
    4. Par où surtout sentait-il de l'inquiétude?
    5. Quelle ordonnance le médecin a-t-il faite?
(M.) 6. *Une flèche de fonte* : expliquez. Quel autre sens a le mot *flèche*?
    7. Expliquez, en donnant d'autres mots du même radical : agenouiller, anéantir, abriter, l'odorat.
    8. Distinguez entre *une goëlette, un remorqueur, un trois-mâts, un canot.*
    9. Synonymes de : guetter, s'assoupir, râler, frêle, le bourdonnement.
    10. A quoi sert un verrou? un bourreau? une grille?
    11. Faites des phrases pour faire ressortir le sens de ces mots: un frisson, lointain, germer, un filet, un gouffre.
    12. *Le mois dernier : le dernier mois* : distinguez entre ces deux expressions.
(G.) 13. Citez trois substantifs en -*age* qui soient féminins.
    14. Donnez la règle, avec les exceptions, pour le genre des substantifs en -*eau.*
    15. Donnez les terminaisons des substantifs qui sont masculines *sans exceptions.*
    16. Ajoutez l'article qui convient : il entre dans...forêt, où il y a... château et...monument à...vainqueur de...Anglais.
    17. Trouvez l'article partitif pour ces phrases : j'ai...vin mais je n'ai pas ...eau ; j'ai beaucoup...pain mais donnez-moi encore...viande ; j'ai vu...petits garçons là-bas,...beaux légumes,...fleurs charmantes.

2ᵉ EXERCICE : pages 5—8 : GENRES, ARTICLE PARTITIF.

I went up the steep, narrow street and entered the amazing abbey.   A monk went round with me, telling me many of the old local legends, as we sat at the top of one of the slender bell-towers watching the rising tide.   I expressed surprise at one of his strange stories.   " Can we see one thousandth part of what exists—look at the wind, the mightiest force in nature—can you see it ? "   I had often thought the same.

Two nights after I had got home, I had the same horrible dream—some one was lying on the top of me, sucking my life out from my lips.

(T.) 1. Comment voit-on d'Avranches le mont Saint-Michel ?

2. Quelles sensations l'auteur a-t-il éprouvées dans la forêt ?

3. Quel voyage a-t-il fait ?   Quel en a été le résultat ?

4. *Mon père, comme vous devez être bien ici !*   Que répondit le moine ?

5. Résumez la légende que lui conta le moine.

(M.) 6. Faites des phrases pour faire ressortir la signification de : à perte de vue ; une sangsue ; flamboyant ; meurtri.

7. Synonymes de : l'aurore, la falaise, le brisant, repu, rôder.

8. Donnez la racine de : déraciner, le clocheton, la marée.

9. *Les tours lancent dans le ciel leurs têtes bizarres hérissées de chimères :* expliquez à l'aide d'une autre tournure.

10. *Une rue rapide* : c. à d. qui…?   *Une rue étroite* : le contraire.

11. La chèvre *bêle* : que font le cheval, le chien, le lion, la vache ?

(G.) 12. Pourquoi *bonheur* et *malheur* sont-ils masculins, tandis que *terreur, horreur, etc.* sont féminins ?

13. Faites précéder de l'article : génie, parapluie, pluie, silence, dent, difficulté.

14. Distinguez entre : je n'ai pas *de* pain, et, je n'ai pas *du* pain….

15. Mettez l'article partitif dans ces phrases : Voulez-vous encore… fraises ? Merci, j'ai beaucoup…fraises mais je n'ai pas… crème ; la plupart…temps il pleut ; j'ai bien…amis.

16. Traduisez en français : others do so, no more questions.

3ᵉ EXERCICE : pages 9—12 : GENRES, ARTICLE PARTITIF.

In the country I must have been the sport of my morbid imagination : for here I am in Paris cured after twenty-four hours. Intellectual work needs society, it is dangerous for an author to be long alone. How easily we are frightened and lose our heads! Even the 14th of July amused me— what fools the people are! Their governors say "Amuse yourselves" and they do it : they vote exactly in the same way. We are all the same : as soon as something happens which I cannot explain, I attribute it at once to some supernatural agency. But am I really cured? I wonder : we shall see.

(T.) 1. Décrivez ce qui arriva de terrible à l'auteur la nuit du 5 juillet.

2. Comment a-t-il essayé de voir si c'était lui-même qui buvait l'eau ? Quel fut le résultat de son épreuve ?

3. Quelle fête a lieu le 14 juillet ? Résumez les réflexions de l'auteur là-dessus.

(M.) 4. A quoi sert un bouchon ? le poumon ? la ficelle ? un pétard ? une carafe ?

5. Formez des substantifs à l'aide des mots : engourdir, coudoyer, niais, jouer, réveiller, ficeler.

6. Citez les titres de quelques œuvres de Dumas fils et de Dumas père.

7. *Je me redressai éperdu d'étonnement* : exprimez la même idée en d'autres mots.

8. Synonymes de : une bougie, une tâche, immuable, un revenant, s'égarer, s'élancer.

9. Distinguez entre *le guide* et *la guide*, *le poste* et *la poste*, *le poêle* et *la poêle*.

(G.) 10. Faites précéder de l'article : cimetière, pâleur, dot, plage, balai, air.

11. Faites des phrases pour distinguer : *d'autres* et *des autres*.

12. Citez les terminaisons des substantifs qui sont féminines *sans exceptions*.

4ᵉ EXERCICE: pages 1—15: RÉSUMÉ.

(T.) 1. Décrivez l'expérience faite par le docteur Parent sur Mme Sablé avec la carte de visite.

2. Ecrivez quelques lignes sur l'Abbaye du mont Saint-Michel.

3. Que savez-vous de Mesmer?

(M.) 4. Formez des substantifs à l'aide des mots: hanter, deviner, suppléer, nourrir.

5. Formez des verbes à l'aide des mots: faux, nouveau, tard, lourd.

6. Distinguez entre *la marche* et *la démarche, pêcher* et *pécher, près* et *prêt, gros* et *grossier.*

7. Donnez des synonymes de: la supercherie, le spectre, parvenir, balbutier, inébranlable, tâcher.

8. A quoi sert d'ordinaire la mine de plomb? et dans ce conte?

9. Au masculin: la chèvre, la nonne, la jument.

10. Formez des phrases pour faire ressortir le sens de ces mots: siffler, mugir, gémir, râler, bêler.

11. Le contraire de: lier, serrer, stérile, faux, étroit.

12. Expliquez les mots: un prestidigitateur, harceler, frôler, haleter.

13. Exprimez à l'aide d'une autre tournure: les tours lancent dans le vide leurs têtes bizarres hérissées de chimères. Quel autre sens a le mot *chimère*? Du nom de quel animal dérive le verbe *hérisser*?

14. Donnez l'autre forme du mot *raide* et citez un autre mot qui a pareillement deux formes.

15. Quels sens a le mot *parent*? Donnez le substantif collectif pour l'ensemble des parents de quelqu'un.

16. La racine de: la liaison, le clocher, puiser, alourdir.

17. Distinguez entre *la tache* et *la tâche*; *le verre, le ver* et *le vers,* en les introduisant dans des phrases.

18. Formez une phrase pour expliquer le sens de: remettre d'aplomb.

19. Donnez l'adjectif dérivé de: Brésil, Angleterre, Écosse, Espagne, Russie, Prusse.

(G.) 20. Mettez l'article partitif: j'ai placé sur ma table...vin,...lait,...eau et...fraises; j'ai bu un peu...lait et encore...eau.

21. Faites précéder de l'article: mode, terminaison, exercice, idiotisme.

22. De quel genre sont la plupart des substantifs en *-age* et en *-ment*?

23. Donnez la règle pour le genre des substantifs en *-eur*, avec des exemples.

After my experience with the rose-tree there can be no. longer any doubt—there *is* living under my roof a mysterious being, who feeds on milk and water, and is possessed of a material nature, though invisible. Am I one of those lunatics, who are perfectly sane except on one subject? I have known such. Perhaps one section only of my brain is impaired—my imagination is working, while the power of rational control is in abeyance. A new development occurred to-day: I was out walking, when suddenly I felt that I must go home; and yet I had a feeling that bad news awaited me there. When I got home, there was nothing.

(T.) 1. Que dit le sage devant un événement inexplicable?

2. Où l'auteur passa-t-il la soirée du 21 juillet?

3. Pourquoi ses domestiques se querellaient-ils?

4. Décrivez son expérience dans le parterre des rosiers.

5. Comment se rend-il compte de son état?

(M.) 6. *Rien de nouveau*: d'après ce modèle refaites les phrases, *Pourquoi s'étonner? une chose charmante.*

7. Dans une maison, que fait la cuisinière? la lingère? le maître d'hotel?

8. Exprimez autrement: il a l'âme bouleversée.

9. Formez des adverbes: frais, éperdu, violent, profond.

10. Synonymes de: s'éparpiller, le clavier, la tige.

11. Expliquez: la bourrasque a fait sombrer le navire sur un écueil.

12. Où se trouvent la moelle, le sang, le pouls, les hallucinations?

(G.) 13. Mettez au passé indéfini: leur pensée se déchire, une crevasse se creuse, je ne rentre jamais à midi, elle promenait les enfants.

14. Écrivez au plus-que-parfait: un trouble se produit; se trouve-t-il mieux? il ne trouve pas son livre.

15. En forme interrogative: il l'a fait; il se lève tôt; il ne s'est pas lavé.

16. Quels sont les deux groupes de verbes qui se conjuguent aux temps composés avec *être* au lieu de *avoir*?

6ᵉ EXERCICE: pages 20—23: Y AVOIR, ETC.

I had been reading till one in the morning and had
gone over to my open window to get some air. It was
a perfect night, warm and still: no moon, nothing but the
twinkling stars. I dropped off to sleep near the window:
suddenly I woke with a start and looked: a page of the
book on my table had just turned over of itself, then after
a few minutes, another. In one leap I was across the room,
mad with terror and anger, but, before I touched it, my
chair fell over backwards, the table rocked and the lamp
went out. Immediately after the window shut of itself.
He had escaped but I had frightened him.

(T.) 1. Quand l'auteur voulait quitter la maison, qu'est-ce qu'il éprouva?

  2. Décrivez ses expériences à Rouen. Quel livre s'est-il procuré là?

  3. Qu'a-t-il lu dans la *Revue du Monde Scientifique*? Quelle lumière
sa lecture a-t-elle jetée sur ses propres expériences?

(M.) 4. *Épier* en anglais *spy*: citez dix autres mots français où le *é* remplace
le *s* anglais.

  5. Donnez les substantifs dérivés de *craindre, penser, lire.*

  6. Formez des verbes: frais, néant, nouveau, fou.

  7. Expliquez le sens de *battant* employé comme substantif, et de
brisant.

  8. Mettez au féminin: un élève mou et un maître dominateur.

  9. *Éventrer* dérive de quel mot? Citez un mot anglais du même
radical.

  10. Expliquez: ce grain de boue qui tourne délayé dans une goutte
d'eau.

  11. *Pres*sentir, *re*lâcher: qui signifient les préfixes? Citez-en cinq autres
exemples.

(G.) 12. Au passé indéfini: il y a un homme ici; il y aura des averses.

  13. Au pluriel: il se trouve un homme qui fait cela; il y a un livre sur
la table: c'est un bon journal.

  14. De quel genre sont les substantifs en *-ais* et en *-ot*—palais, cachot, etc.?

7e EXERCICE : pages 24—27 : VERBES EN -ELER, -ETER.

Is it surprising that a being should exist with a body, material indeed, but so fine, so delicate, that my weak, imperfect eye cannot perceive it? Why should we, the human race of to-day, be the last development of nature? I can imagine a being infinitely more perfect, as much superior to us as we are to the apes. But no! I'll kill him, I'll lay a trap for him, I'll pretend to be writing attentively; then, when he comes close to me, as he prowls about behind me, I'll leap upon him and strangle him, rend him with my hands! If I do not kill him, I shall have to kill myself.

(T.) 1. L'être mystérieux comment est-il venu, selon l'auteur, et comment se nomme-t-il ?

2. Que pense-t-il de l'avenir du genre humain ?

3. Décrivez un peu sa chambre.

(M.) 4. *Le buffle aux cornes aiguës* : pourquoi le tréma au féminin de ce mot ? Citez un mot semblable.

5. *Une glace sans tain* : expliquez la phrase.

6. Exprimez autrement : les hommes se nourissent péniblement.

7. Synonymes de : le glaive, le farfadet, mesquin, poussif.

8. Formez des phrases pour faire ressortir le sens de : une ébauche, embaumer.

9. *Sur*exciter : que veut dire ce préfixe ? Citez-en cinq autres exemples.

10. *Je fis semblant d'écrire* : c'est-à-dire...?

11. Expliquez : ils sont quatre, ces pères nourriciers des êtres.

12. A quoi sert la flèche? le glaive? la bougie? l'huître? le ressort? la vitre?

(G.) 13. *Il jette des cailloux, les étoiles étincellent* : d'après ce modèle écrivez au présent : il attelait les chevaux, ficelait les paquets et cachetait les lettres.

14. Écrivez les temps primitifs de *acheter* et de *épeler*.

15. Au passé indéfini : il se jette dans l'eau ; elle époussette les meubles.

16. Au futur : il gelait très fort ; il feuilletait le livre.

8ᵉ EXERCICE: pages 1—30: RÉSUMÉ.

(T.) 1. L'auteur se tourne très vite et regarde la glace : que voit-il?

2. Qu'a-t-il commandé au serrurier de faire?

3. Quand il s'est sauvé de la chambre, qu'a-t-il fait?

4. A la fin est-il content? S'est-il débarrassé de l'être mystérieux? Donnez ses dernières réflexions.

5. 'C'est surtout en créant l'atmosphère voulue dès le commencement d'un conte que de Maupassant fait preuve de son étonnante maîtrise.' Discutez cette critique.

6. Résumez les faits saillants de sa vie.

7. Peut-on retrouver son influence sur la littérature anglaise?

(M.) 8. Exprimez autrement: un chien se mit à hurler.

9. *Je faillis céder* : c'est-à-dire...?

10. *Aller à reculons* : expliquez cette phrase.

11. Comment s'appellent les pièces de bois placées en travers (a) au-dessus, et (b) au bas de l'ouverture d'une porte?

12. En un mot : une petite chambre sous le toit ; une pantoufle dont le cuir qui environne le talon est rabattu ; rendre clair ; celui qui fait mal.

13. *Le rez-de-chaussée* : expliquez le sens des deux parties de ce mot. Comment s'appellent les autres étages d'une maison?

14. Ecrivez des phrases pour faire ressortir le sens de ces mots : entre-bâiller, s'adosser.

15. A quoi sert un cadenas? une cuve? une persienne?

16. Formez des substantifs: crever, frais, penser.

17. Synonymes de : un bûcher, jaillir, s'engloutir, un parterre.

18. Distinguez : *le mort* et *la mort* ; *le crêpe* et *la crêpe* ; *baiser* et *baisser* ; *la vieille*, *la veille* et *la vielle*.

19. Formez des verbes : un abri, le néant, une étreinte, un balai.

(G.) 20. Au passé indéfini : elle se lave les mains ; il n'entre pas, ne part-il pas? il monte lui-même mais il ne monte pas les colis.

21. Au futur : une épouvante mystérieuse me harcelait ; il achetait du pain et le jetait aux mendiants.

22. Mettez l'article partitif : j'ai trouvé...pain et...beurre et un tonneau... vin, mais hélas ! je ne bois jamais...vin, et la plupart...temps je ne trouve pas...eau.

23. Au pluriel : un mal horrible me menaça.

24. De quel genre sont les substantifs en *-ie* et en *-ment*?

9ᵉ EXERCICE: pages 31—34: VERBES IRRÉG., 1ᵗʳᵉ CONJ.

I'm a quiet man, my lord, but my wife—well, ask the neighbours and they'll tell you a thing or two! Every Saturday we go to Poissy and fish all Sunday. Three years ago I found a place there,—such a place, a fisherman's paradise. I'd discovered it, so I'd a right to consider it mine. Well, that Saturday, I'd baited my pool carefully but in the evening I drank a bottle of wine and slept like a log till six in the morning. So we were late and, when we got to the pool, we found it taken by another couple, a thin little man and his portly wife. We landed nevertheless, hoping that the other fellow would catch nothing.

(T.) 1. Décrivez la femme de Renard. Quel caractère son mari lui a-t-il donné?

  2. Comment Renard se décrit-il lui-même?

  3. En arrivant à son trou, que trouva Renard?

(M.) 4. *Une bouteille de casque à mèche*: expliquez cette phrase.

  5. Formez des phrases pour faire ressortir les sens divers de *amorcer* et de *chouette*.

  6. *Gueuler*: donnez un synonyme. De quel radical dérive le mot?

  7. *Soûlot*: expliquez et citez d'autres mots du même radical.

  8. Synonymes de: folâtre, la berge, chiper, le prévenu, dévaliser.

  9. A quoi sert une recette? une vareuse? le coutil?

  10. *Je ne voulais pas d'histoires*: exprimez autrement cette idée.

  11. *Néanmoins*: que veut dire le mot? Quelle est sa racine?

(G.) 12. Ecrivez les temps primitifs de *achever* et *espérer*.

  13. Que faut-il remarquer à propos de l'accent dans le futur et le conditionnel des verbes comme *espérer*?

  14. Mettez au futur et à l'imparfait: il a ramené les chevaux; il a soulevé beaucoup de poussière; le roi règne; il a cédé à l'ennemi.

  15. *Elle a promené les enfants; elle s'est promenée; elle s'est levée.* Donnez la règle pour l'auxiliaire des verbes réfléchis.

  16. Mettez au passé indéfini: il se lève à cinq heures; la femme lavait le linge mais elle ne se lavait jamais.

  17. Mettez au conditionnel passé négatif: il s'en souvient.

  18. Dans quels temps faut-il allonger le radical des verbes comme *mener*?

My wife was furious. Soon my rival began to catch fish, first a carp, then a splendid bream, as thick as my thigh. "They are stolen fish," cried my wife, "they ought to pay us at least what we spent on the bait." "You're having at *us*, are you?" retorted the other woman. Then they set to, both of them. I kept quiet, till the little man began to go for my wife; then I gave him one in the nose and one in the stomach and he fell into the river, right in the hole. It took me five minutes to separate the women. I can't swim, so I couldn't fish him out and he was a quarter of an hour in the water before the lock-keeper arrived. On my honour, I'm innocent, my lord.

(T.) 1. Pour faire digestion, que faisait Renard ? Comment taquinait-il sa femme ?

2. Pourquoi Renard n'a-t-il pas pu repêcher l'autre tout-de-suite ?

(M.) 3. *Va donc, Basaine* : expliquez l'allusion.

4. *J'ai du feu dans la main* ; *il prit le dessus* : exprimez autrement ces deux phrases.

5. Qu'est-ce qu'une souche ? Citez encore une phrase qui contient le mot.

6. *C'est à nous que vous en avez* : expliquez l'idiotisme.

7. Qu'est-ce qu'un barragiste ? un ébéniste ? Que signifie la terminaison *-iste* ? Citez trois autres mots ayant la même terminaison.

8. Donnez des synonymes pour : lancicoter, un braconnier, rigoler, broncher, tripoter, un pochard.

9. *Casser une croûte sur le pouce* : exprimez autrement. Comment s'appellent les autres doigts de la main ?

10. Indiquez les verbes dérivés des mots : frais, le poing, lourd, la jambe, le témoin.

(G.) 11. Remplacez par le pronom conjoint qui convient les mots en italique : j'ai donné *une poire à ma sœur* ; nettoyez *la chambre* ; ne payez pas *cette note*.

12. Où se placent les pronoms conjoints à l'égard des temps composés d'un verbe ?

13. Écrivez à l'imparfait et au passé défini : il change d'avis ; il s'avance lentement ; nous prions ensemble.

14. Mettez au présent : j'ai essuyé l'encre et j'ai essayé de ne pas la verser.

15. Mettez à l'impératif : tu répétais les secrets ; tu achèves beaucoup.

11ᵉ EXERCICE: pages 39—42: PRONOMS DISJOINTS:
ALLER, ENVOYER.

Berthine, a tall, thin, strong girl, and her wrinkled old
mother were alone that night in a woodman's cottage in
the middle of the forest: snow was falling and it was very
dark. They knew that the Prussian scouts were not far
off and the old woman was very nervous. Berthine realised
that her father would not be back till eleven, as he was
dining that evening with the commander of the citizen
militia of the neighbouring town: he had gone in to give
notice that a detachment of German infantry had stopped
at his house two days before. Suddenly a violent blow
made the door shake—it was the dreaded Germans.

(T.) 1. Quelle est le lieu de la scène de ce conte et à quelle époque les
événements se passèrent-ils?

2. Pourquoi le père n'était-il pas chez lui?

3. Décrivez les préparatifs des habitants de Rethel contre les
envahisseurs.

4. Quel était le sobriquet du père? Expliquez-le.

(M.) 5. *Épaissir*: c'est-à-dire *rendre épais*: citez cinq autres verbes formés
de la même façon.

6. Que vend l'épicier? le boucher? le menuisier? le mercier?

7. Distinguez entre *la librairie* et *the library*.

8. Synonymes de: un auvent, rôder, moelleux, un âtre.

9. A quoi sert un rouet? un battant? un tuyau?

10. *L'huis*: expliquez le mot et citez une expression qui contient le mot.

11. Rendez par un seul mot: un soldat qui va à la découverte; celui qui
travaille dans une forêt; celui qui demeure dans la ville.

12. Formez des phrases pour faire ressortir le sens de ces mots: la
marmite, le fourré, s'entraîner, coller.

(G.) 13. Au futur: il est allé à la ville où il a envoyé un télégramme.

14. Au présent: ils allèrent vite et renvoyèrent des nouvelles.

15. Donnez les temps primitifs de *aller, avoir, être,* et *envoyer.*

16. Au passé indéfini: nous nous en allions et nous cédions à l'ennemi.

17. A l'impératif: tu y allais; tu t'en allais.

18. Mettez le pronom disjoint qui convient: chacun pour...; il est
content chez...; ils ne sont pas chez...

19. Remplacez les mots en italique par le pronom disjoint qui convient:
il songe *à son père* et *à sa mère*; elle montra le revolver *à
l'Allemand*; gare *aux ennemis*!

12e EXERCICE: pages 43—45: VERBES IRRÉG., 2e CONJ.

Berthine had no choice: she had to admit the six Prussians. They promised not to do any damage and sat down quietly, while she put the pot on the fire and got some soup ready. After supper the soldiers lay down on the floor and the two women went upstairs to bed. Suddenly several shots were heard close outside and an instant later the girl came down terrified to say that it was the French. She begged the Germans to go down into the cellar and hide or else the cottage would be burnt. They consented and went down the winding stair, while Berthine locked the heavy oak trap-door above them. Then she began to laugh quietly to herself.

(T.) 1. *Un bruit étrange les fit tressaillir* : qu'est-ce que c'était?
      2. Comment mangèrent les Prussiens?
      3. En revenant de la cave Berthine riait. Pourquoi?
(M.) 4. Qu'est-ce qui ronfle? crépite? glouglloute?
      5. Distinguez entre *le rouet* et *la roue*; entre *le casque* et *la casquette*.
      6. Formez des phrases pour faire ressortir la signification de: *la marche, le marchepied, le pas, l'échelon.*
      7. *Aller à reculons*: citez et expliquez une autre expression formée de la même façon.
      8. *Décrocher*: citez trois autres mots du même radical. Que faut-il remarquer à propos de la prononciation de ce radical?
      9. *Il a l'air rendu* : exprimez à l'aide d'une autre tournure.
     10. *Elle parut nu-pieds* : donnez la règle pour l'emploi de *nu.*
     11. A quoi sert le rouet? la mâchoire? la cachette? la charnière? la boisson?
     12. Synonymes de : la toison, sournois, affolé, balbutier.
     13. Que veut dire *le lard*? Comment dit-on *the lard* en français?
(G.) 14. Donnez les temps primitifs de : dormir, vêtir, acquérir.
     15. *Haïr* : quand faut-il employer le tréma dans ce verbe?
     16. Distinguez entre *fleurissant* et *florissant.*
     17. Citez trois autres verbes qui forment le part. passé comme *couvrir.*
     18. Au futur : ils mouraient, nous tenions ferme, il acquérait vite, il cueillait des fraises.
     19. Au passé défini : il se vêtait et courait après le bain, il tient bon.
     20. Au présent : la marmite bouillait; il est mort.

13ᵉ EXERCICE: pages 46—48: VERBES IRRÉG., 3ᵉ CONJ.

As no Frenchman appeared, the German officer soon
came and banged on the trap-door first with his fist and
then with the butt-end of his gun, demanding to be let out.
But Berthine only laughed. At last her father arrived
from the town but, as soon as she had given him something to eat, she sent him off again to summon the French
militia from Rethel. While he was away, she waited im-
patiently, her eyes on the hands of the clock. At last her
father was back again and, finding everything as he had
left it, he gave a long, shrill whistle: and soon the advance-
guard consisting of ten men arrived, followed shortly after
by the main body, two hundred strong.

(T.) 1. Quels efforts les prisonniers ont-ils faits pour se libérer?

2. Comment Berthine a-t-elle passé le temps d'attente?

(M.) 3. Formez des phrases pour faire ressortir le sens des expressions:
mettre au frais; la voûte maçonnée de la cave.

4. Synonymes pour: quérir, gambader, un gueux, se fâcher.

5. *Un bonhomme*: expliquez. Comment dit-on en français *a good man*?

6. Comment s'appellent les diverses parties d'une horloge?

7. *Le chêne*: nommez cinq arbres en faisant ressortir le genre des
noms des arbres.

8. Formez des substantifs à l'aide des mots suivants: aboyer, siffler,
fermer.

9. *Il sonnait sa bonne*: expliquez l'expression.

10. En un seul mot: ce qu'on ne peut faire céder; la partie qui termine
le bois d'un fusil; une ouverture pour laisser entrer de l'air.

(G.) 11. Que faut-il remarquer à propos du participe présent et de l'imparfait
de l'indicatif de *savoir*? et du participe passé de *mouvoir*?

12. En quoi la conjugaison de *prévoir* et de *pourvoir* est-elle différente
de celle de *voir*?

13. Distinguez entre *voulez* et *veuillez*; *sachant* et *savant*.

14. Au conditionnel: ça vaut mieux; je ne sais faire ça; je vois
mon ami.

15. Temps primitifs de: voir, devoir, savoir.

16. Au présent: ils savaient cela mais ils ne voulaient pas l'admettre.

14ᵉ EXERCICE : pages 31—52 : RÉSUMÉ : VERBES IRRÉG., 4ᵉ CONJ.

(T.) 1. Décrivez la ruse au moyen de laquelle Berthine fit descendre les Allemands dans la cave.

2. Comment Maloison reçut-il sa blessure ? Quel en fut la conséquence pour lui ?

3. Quel fut le plan d'attaque qui réussit à la fin ?

(M.) 4. Expliquez ces phrases : les soldats battaient la semelle ; les enfants jouent aux barres. Distinguez entre *jouer à* et *jouer de*.

5. Exprimez autrement : le soupirail fut *pratiqué* au *ras du sol*.

6. A quoi sert un volant ? une barrique ? un tuyau ?

7. Que fait un zingueur ? que fait un avoué ?

8. Écrivez à l'aide d'une autre tournure : il fit cerner la maison et desceller les gouttières.

9. Synonymes pour : blaguer, clapoter, grelotter, ruisseler.

10. En un seul mot : mettre en branle ; hors d'haleine ; perdre conscience ; prendre son élan.

11. Expliquez : il secouait sa forte bedaine en courant et lançait des éclaboussures de neige.

12. Distinguez entre *la patte* et *le pied*.

13. Expliquez ces termes militaires : feu de peloton ; l'arme au pied.

14. *La tentative réussit* : distinguer entre *réussir* et *succéder*.

15. Formez trois phrases pour faire ressortir les sens divers du mot *arrêter*.

16. Comment s'appellent les habitants de la Prusse ; de la Russie ; de l'Allemagne ; de l'Espagne ?

17. Le contraire : la tentative *réussit* ; la trappe *s'éleva* ; ils *bouclèrent* leurs ceinturons ; il lâcha un cri *aigu*.

(G.) 18. Temps primitifs de : battre, naître, lire, rire.

19. Quand faut-il employer l'accent circonflexe dans la conjugaison des verbes comme *connaître* ?

20. Au passé indéfini : je me bats et les assistants se taisent.

21. Au passé défini : il est né lundi et il est mort samedi ; il lit ce livre.

22. Donnez le participe passé de *absoudre* et de *résoudre*.

23. Au présent : il se battait et il paraissait content.

24. Que faut-il remarquer à propos de l'accent (*a*) dans le futur, (*b*) dans le présent des verbes comme *céder* ?

25. Remplacez par le pronom qui convient les mots en italique : on vit sortir *les Allemands* et un convoi conduisit *Maloison* sur un matelas ; ils pompaient de l'eau sur *les prisonniers* et offrirent leurs félicitations *à Berthine* ; va *à la maison*.

15e EXERCICE: pages 53—56: VERBES IRRÉG., 4e CONJ.

I am one of those people who need to be alone frequently, although I enjoy the society of my friends as much as anyone. I was living at this time in a house which I had had built about half-a-mile from the town, with a large garden all round it. I had furnished and decorated it gradually with various treasures, to which I was as much attached as to my old friends. At night I used to sleep in it absolutely alone, as my servants had a separate building to themselves at a little distance. On this particular evening I came home late from the theatre at about one in the morning. It was pitch dark and several times I nearly fell into the ditch, although there was a dull, reddish moon,—the moon which rises after midnight, when witches meet together, *le vrai croissant du Sabbat.*

(T.) 1. Décrivez le tempérament de l'auteur et ses habitudes.
(M.) 2. *Nous sommes deux races sur la terre.* Lesquelles?
    3. *Un vrai croissant de Sabbat.* Expliquez.
    4. *Rougeâtre*: c. à d....? Citez quatre mots formés de la même façon.
    5. De quels substantifs dérivent ces mots : agoniser, supplicier, jouer, savourer?
    6. Distinguez entre : *le jeu* et *la joue*; *le supplice* et *la supplication.*
    7. Combien de milles anglais font huit kilomètres?
    8. Qu'est-ce que l'octroi? la douane?
    9. A quoi sert un potager? un bibelot?
  10. Synonymes pour : terne, pénible, grouiller.
  11. En un seul mot: celui qui se promène la nuit.
  12. *Je distinguais à peine la route:* refaites la phrase en commençant : *à peine.*
  13. Exprimez à l'aide d'une autre tournure : le croissant du premier quartier est frotté d'argent, fût-il mince comme un fil.
(G.) 14. Quelles parties des verbes *croire* et *croître* sont identiques? Quand faut-il employer l'accent circonflexe?
  15. Que faut-il remarquer à propos du participe présent de *maudire*?
  16. Au passé indéfini : je la prenais avec moi mais je la faisais se dépêcher.
  17. Au présent: elle cousait vite mais elle rompait souvent le fil; l'ennemi se rendit.
  18. Temps primitifs de : vivre, vaincre, écrire, faire.

16ᵉ Exercice : pages 57, 58 : Verbes Défectifs.

When I got near my garden, I suddenly began to feel
unaccountably uneasy. I walked slower but at last I
opened my garden-gate and entered the drive. But I could
not get rid of the mysterious feeling of terror. "What-
ever is the matter with me?" I thought. When I got
quite near the house, I stopped and listened—yes, there
was certainly a low rumbling noise inside, as if all my
furniture was being moved and dragged about: it was not
merely the buzzing in the ears, from which I suffer at
times. The noise was increasing. At last, ashamed of
my cowardice, I seized my bunch of keys, unlocked the
door and pushed it open with all my might.

(T.) 1. Décrivez les abords de la maison de l'auteur.

2. Qu'est-ce qui arriva quand il ouvrit la porte?

(M.) 3. Exprimez à l'aide d'une autre tournure: j'envoyai le battant heurter
contre la cloison.

4. En un seul mot : *le bâton sur lequel s'appuie un boiteux* ; *mettre des
cartouches dans* un revolver.

5. Expliquez : rien d'insolite ne s'est produit.

6. A quoi sert une gaîne? un auvent? une corbeille?

7. Synonymes de : se dandiner, le gazon, ensevelir, arqué.

8. Distinguez entre *la tache* et *la tâche*, en formant des phrases pour en
faire ressortir la signification.

9. Que veut dire *reculer*? Citez une expression qui contient un mot du
même radical.

10. Donnez des substantifs dérivés de : émouvoir, chausser, ralentir,
ronfler.

11. Expliquez au moyen d'exemples le sens de *effleurer*.

(G.) 12. Comment s'emploient les verbes *gésir* et *ouïr*?

13. Distinguez entre : *séant* et *seyant*.

14. Au futur : ce chapeau lui sied ; participe passé : la fleur éclôt.

15. Trouvez la phrase qui contient le participe passé de *clore* dans ce
conte et citez une autre expression qui le contient.

17e EXERCICE: pages 59, 60 : LE SUBJONCTIF APRÈS
CERTAINS VERBES.

Mad with terror, I dragged myself off the main avenue
and hid, crouching down among the trees, watching my
furniture disappear. When everything had gone and the
house was quite empty, all the doors banged of themselves.
I fled and did not stop running till I got into the town,
where I rang at the door of a hotel. In the morning my
servant brought the news that during the night my house
had been burgled and all the moveables carried off. I lodged
information with the police and the enquiry lasted five
months but not the slightest trace of the thieves was
discovered. If I had told what I had seen! But I knew
how to hold my tongue.

(T.) 1. Décrivez les expériences de l'auteur avec son bureau. Que contenait le bureau?
2. Comment expliqua-t-il aux gens de l'hôtel son arrivée si tardive?
3. Quel conseil les médecins lui donnèrent-ils?
(M.) 4. Expliquez le sens de *prévenir*: comment se traduit l'anglais *prevent*?
5. Qu'est-ce qu'un tabouret? un piétinement? un piano à queue?
6. Que veut dire *meurtrir*? *assassiner*? Écrivez les substantifs des mêmes radicaux.
7. Formez des phrases pour faire ressortir la différence entre: *le ver, le verre, le vert, le vers.*
8. *Il entra le visage bouleversé*: exprimez autrement la même idée.
9. Comment s'appelle l'ensemble des meubles? des arbres?
10. *Les étoffes s'étalaient en flaques à la façon des pieuvres de la mer*: expliquez.
11. *La taille*: faites ressortir les acceptations diverses de ce mot.
12. Formez des verbes à l'aide des mots: fourmi, croc, pied, lutte.
(G.) 13. *Je veux qu'il vienne; je suis heureux qu'il soit venu; il faut qu'il vienne.* Après quelles classes donc de verbes emploie-t-on le subjonctif?
14. Faites précéder de *il faut*: il fait beau; il reçoit de l'argent.
15. *Je crains qu'il ne soit méchant* mais *je ne crains pas qu'il le fasse: cela empêche que je ne m'en aille.* Apprenez ces exemples: quelle est donc la règle?
16. Distinguez entre *il est possible que je suis en retard* et *il est possible que je sois en retard.*

18e EXERCICE: pages 61—64: LE SUBJONCTIF APRÈS
CERTAINES CONJONCTIONS.

I was wandering about in a dark, narrow street, full of
old curiosity shops, in which all kinds of fantastic antiques
were exposed for sale. Suddenly I started, for I had
caught sight of a Louis XIII cupboard, which had be-
longed to me. I entered the shop and went down a long,
dark gallery, where I found all my own furniture, except
my writing-desk. Imagine my state of mind! I called
but no one came: at last, after more than an hour, I saw
a light and an old man appeared. I bargained and paid
for three of my own chairs, ordering them to be sent to
my hotel. Then I went straight and told the police.

(T.) 1. En quittant l'Europe, où l'auteur a-t-il voyagé? où a-t-il trouvé
ses meubles à la fin?

2. Faites le portrait du brocanteur.

(M.) 3. *Ils demeuraient sous des toits pointus de tuiles et d'ardoises où
grinçaient encore les girouettes du passé* : expliquez. Quel est
le sens figuré de *girouette*?

4. A quoi sert une chape? un bahut? un lustre?

5. Au moyen d'une phrase distinguez entre *le poil* et *les cheveux*.

6. Formez des phrases pour faire ressortir le sens des mots : perclus,
clairsemé, nauséabond.

7. La gaieté *provençale* : expliquez.

8. Exprimez autrement : je ne pus guère m'empêcher de m'enfuir.

9. Le commissaire demanda *séance tenante* des renseignements *au
parquet* qui avait instruit l'affaire du vol: expliquez les mots
en italique.

(G.) 10. *Pourvu qu'il fasse beau, j'irai ; pour qu'il réussisse, il a besoin
d'argent ; bien qu'il fût en deuil, il est venu.* Citez les trois
classes de conjonctions qui veulent le subjonctif.

11. Faites précéder de *il faut*: il lui dit cela ; il vient demain ; et
de *bien que* et *à moins que...ne* : il fait beau, je vais rester
chez moi.

19e EXERCICE : pages 53—68 : RÉSUMÉ.

(T.) 1. Quand on eut forcé l'entrée de la boutique, que trouva-t-on?

2. Résumez la lettre du jardinier.

3. A la fin que devint l'auteur?

(M.) 4. Décrivez les meubles ordinaires d'un salon.

5. Exprimez à l'aide d'une autre tournure: mes agents n'ont pu mettre la main dessus; faisons les morts; j'avais des tressaillements dans la peau; les chemins étaient défoncés.

6. A quoi sert un tabernacle? une chasuble? un tabouret?

7. Formez des substantifs à l'aide des verbes: méfier, témoigner, disparaître.

8. Expliquez ces phrases: il était *au courant* de tout; je vis le monstre *à crâne de lune à chaque bout* de sommeil.

9. Le mot *la tanière* se dit littéralement de quoi? et ici au figuré? et le mot *le foyer*?

10. Synonymes de: bouffi, parer, un coupé, un cheval emporté.

11. Formez des phrases pour faire ressortir les sens divers du mot *le parquet*.

12. Indiquez les adjectifs venant de: rancune, nerf, fée, reconnaître, les ténèbres.

13. Distinguez entre: *répandre, répondre, reprendre.*

14. En un seul mot: la partie d'une maison qui se trouve immédiatement sous le toit; au-dessous du niveau du sol; où on reçoit ses amis.

(G.) 15. Remplacez l'infinitif en italique par le temps du verbe qui convient: j'avais ordonné qu'on *prévenir* mes gens; la crainte que des choses pareilles *recommencer*; depuis dix ans je rentrais sans que la moindre inquiétude me *avoir* effleuré.

16. Voilà la première fois qu'il *soit* arrivé; c'est le meilleur livre qu'on *ait* publié. Cela nous indique que le subjonctif suit...?

17. Refaites ces phrases en employant *quelque...que, quoi...que*: vous êtes très riche mais vous n'osez pas faire cela; on dit beaucoup mais il faut continuer; la chaleur est très grande mais j'irai.

18. Écrivez cette phrase en la faisant précéder 1º de *si*, 2º de *à moins que*: il ne fait pas beau, je n'irai pas.

19. Faites précéder de *il faut* et de *je crains*: il vient vite.

20. Quelle est d'ordinaire la signification des verbes qui veulent le subjonctif?

21. Au présent: elle cousait et recousait en chantant; il prenait du thé.

22. Au passé défini: il vivait là; je craignais cela; il lisait bien.

20ᵉ EXERCICE: pages 69—71 : LE SUBJONCTIF.

It is often the recollection of some quite trivial incident, that remains in the mind quite vividly years after. I will give you one instance only.

I was a young law-student fifty years ago: I didn't care about noisy cafés, as most young men do, but I loved the old Luxembourg garden. As soon as the gates opened at eight in the morning, I used to go in and sit down on a seat to read or dream: it was like the calm of a bygone age. I soon found that an old man, curiously dressed in old-fashioned clothes, used to come as regularly as I did: he seemed specially fond of a clump of hornbeams. At last I ventured to speak to him.

(T.) 1. Quelle est la plus grande perte pour un homme, selon Bridelle ?

2. Décrivez le costume du vieillard.

3. Que faisait-il d'habitude dans le jardin ?

(M.) 4. *Entr'aperçu* : que veut dire le préfixe ? Citez-en un autre exemple.

5. *Une redingote tabac d'Espagne* : quelle est la règle pour l'accord de ce genre d'adjectifs de couleur ? citez-en trois autres.

6. Synonymes de : factice, braillard, grêle, touffu.

7. Faites des phrases pour faire ressortir le sens de : battre un entrechat ; faire les frais de quelque chose.

8. En un seul mot : la maison de paille des abeilles ; mettre à la ligne.

9. Formez des verbes à l'aide des substantifs suivants : le sang, la jambe, le guet.

10. Distinguez entre *dés* et *d2s*; *la jambe* et *le jambon*; *sois, la soie,* et *soi.*

11. *Cuisant* : quel est le sens propre ? le sens figuré ?

(G.) 12. Employez le temps et le mode convenables : *plaire* à Dieu qu'il *venir* ! Je ne *savoir* pas qu'on *faire* cela.

13. Quand emploie-t-on le plus-que-parfait du subjonctif ?

14. *Puissé-je mourir* : citez l'autre verbe qui prend l'accent aigu de la même façon.

15. Que faut-il remarquer à propos de la prononciation de *soit* ?

21ᵉ EXERCICE: pages 72—74 : L'INFINITIF SANS PRÉPOSITION APRÈS UN VERBE.

A week later we were friends and he confided in me the story of his life : he had been dancing-master at the Opera under Louis XV and had married a famous dancer, once the idol of gallant society. One day he and his wife, an old lady who dressed in black, were sitting by me on a seat and he was praising enthusiastically the minuet as a dance—he tried to explain it to me but got mixed up and I could not understand. At last he persuaded his wife and they danced it to show me, there on the path : it was an unforgettable sight. They were like two old mechanical dolls with their bows and smiles. I wanted to laugh and cry at the same time.

(T.) 1. Faites le portrait du vieillard et de sa femme.

2. Pourquoi s'embrouilla-t-il en décrivant le menuet ?

3. En quoi consiste cette danse ?

(M.) 4. *Une simagrée enfantine* : expliquez la phrase.

5. Synonymes de : un éloge, bavarder, sangloter, falot, proprette, jadis.

6. *Elle ne vient que sur le tantôt* : exprimez autrement.

7. Formez des phrases pour montrer la différence qui existe entre *la compagne* et *la campagne*, *le champagne* et *la Champagne*.

8. Formez des substantifs : obscur, clair, sauter, se souvenir, oublier.

9. Trouvez une phrase pour faire ressortir le sens de *à partir de* ; citez un synonyme.

(G.) 10. Mettez la préposition qui convient : l'âme émue...mélancolie ; vêtu... rose ; une canne...épée.

11. Il est venu se montrer ; il espère venir ; il ose faire tout ; il désire se marier ; il sait se taire. Apprenez ces phrases, et d'après ces modèles, faites précéder de *sembler* et de *prétendre* : il joue bien aujourd'hui ; il essaie sa bicyclette.

12. Remarquez ces phrases : la maison que j'ai *fait* construire, mais l'erreur que j'ai *faite*. Quelle est donc la règle ?

13. Formez des phrases pour distinguer entre *venir* avec l'infinitif *venir à* et *venir de* avec l'infinitif.

22ᵉ EXERCICE : pages 75—77 : L'INFINITIF AVEC
DE APRÈS UN VERBE.

Schnaffs was not a bloodthirsty man, he hated the war.
One day his detachment came unexpectedly upon a body
of French sharp-shooters : he would have run away but he
knew that the enemy would overtake him easily, for he was
fat and short of wind. Suddenly he saw a broad ditch
full of brushwood : into this he jumped, disappearing
altogether from sight. He crawled away from the scene
of action as fast as he could, along the bottom of the ditch.
At last the sounds of fighting ceased and night came on.
The prospect of staying where he was would have pleased
him, if he had had something to eat. Suddenly an idea
struck him.

(T.) 1. Faites connaître les sentiments de Schnaffs sur la guerre et son
caractère en général.

2. *Que faire ?* que décida-t-il dans le fossé ?

3. Pourquoi ne voulait-il pas rejoindre son armée ?

(M.) 4. *Le sifflement des balles hérissait le poil sur sa peau* ; exprimez l'idée
à l'aide d'une autre tournure.

5. Formez des phrases pour faire ressortir le sens de ces mots : se
replier, détaler, affronter, se tapir.

6. *Une vingtaine* : c. à d....? Faites la liste des autres noms collectifs
semblables.

7. Distinguez entre : *le bal, la balle, le ballon, la boule, le boulet.*

8. Formez des adverbes de : *éperdu, fou, craintif, goulu, mou, oisif.*

9. Qu'est-ce qu'une liane ? une ronce ? un lièvre ? une tortue ?

10. En un seul mot : être à l'abri ; la trace des roues sur un chemin.

11. Synonymes de : atterré, haïr, fâcheux, une lutte, une brasserie.

(G.) 12. J'essaie d'être juste : je tâche de dormir : je m'efforce d'être calme.
Apprenez ces exemples. Les verbes qui expriment l'idée
d'effort prennent *de* ; il y a *une* exception ; quelle est-elle ?

13. Je me souviens de l'avoir vu : je finis d'écrire : j'évite d'y aller :
je m'étonne de vous voir. Citez d'autres verbes de ces quatre
classes qui prennent *de*.

23ᵉ EXERCICE: pages 78—80: L'INFINITIF AVEC *à*
APRÈS UN VERBE.

He spent a sleepless night, starting at every sound.
At dawn he went to sleep and woke at midday, conscious
of a painful void inside. He pictured himself dying of
hunger. At last in the evening he determined to risk
everything and came cautiously out of his hiding-place.
He looked round and saw a village and a turreted mansion
and determined to make for the latter. He walked slowly
with a beating heart and trembling limbs. There were
lights in the lower windows and, when he got close, a most
appetising smell of cooked meat caressed his nostrils: he
could not resist it and suddenly showed himself at the
open window.

(T.) 1. Comment décida-t-il d'exécuter son idée?
2. Que vit-il par la fenêtre?
3. Quel fut le résultat de son apparition?
(M.) 4. Dressez une liste des outils de travail d'un paysan. A quoi sert
chacun d'eux?
5. Les cris de *chouettes*: expliquez. Quel autre sens a le mot *chouette*?
6. Quels substantifs dérivent de: manger, bousculer, s'acharner?
7. *Béant*: c. à d. ...? Quel adjectif se forme du participe parfait de ce
verbe?
8. Distinguez entre *le cadre* et *le cadran*; et entre *bâiller* et *bâillonner*.
9. Synonymes de: écarquiller, haleter, la veille, la vieille.
10. A quoi sert une écumoire? une cuisine? un casque à pointe?
11. Dessinez un fusil en montrant le canon, la crosse et la détente.
(G.) 12. Distinguez entre *il commence à lire* et *il commence par lire*.
13. Il continue à pleurer: il réussit à le sauver: il pense à venir. Les
verbes, qui expriment une tendance, ou le contraire, veulent
donc *à*. Faites encore trois phrases d'après ces modèles.
14. Formez des phrases avec les verbes: *préférer, remercier, se souvenir,
décider*, suivis d'un infinitif.
15. Remplacez par des pronoms: il enseigne à *l'enfant* à lire: il cherche
à plaire à *ses parents*.

24ᵉ Exercice: pages 69—84: Résumé: C'est, Il est.

(T.) 1. Décrivez l'assaut du château tel qu'il se produisit et tel que le colonel français le décrivit dans son compte-rendu.

2. A quelle date eut lieu l'invasion dont il s'agit? Esquissez-en les événements principaux.

3. Lequel des contes de ce livre préférez-vous? Pourquoi?

4. Écrivez quelques notes biographiques sur l'auteur.

(M.) 5. *Un officier chamarré d'or* : expliquez.

6. Formez des substantifs : crever, hurler, oublier, manger, lier, bousculer.

7. A quoi sert le tuyau? l'œsophage? la béquille? la cruche? la faux? le terrier?

8. Synonymes pour : s'affaisser, s'engourdir, déblayer, ficeler, vociférer.

9. *Il était saoul et soufflait comme une baleine* : exprimez à l'aide d'une autre tournure.

10. En un seul mot: ce qu'on met dans la bouche en une seule fois; ému à un degré extraordinaire.

11. Distinguez entre *la fourche* et *la fourchette*; *demain* et *le lendemain*; *le poil* et *les cheveux*; *le hoquet* et *le hochet*.

12. *Il haletait d'ahurissement, abruti et crossé* : expliquez.

13. *Entre-, dé-, sur-, é-, in-, sous-.* Quel est le sens de ces préfixes? Donnez-en des exemples.

14. Le contraire de: aigu, plein, morne, dedans, se lever, s'apaiser.

(G.) 15. Mettez les verbes en italique au temps et au mode convenables : il entendit un bruit comme si des corps *tomber*; il mangeait vite quoiqu'il n'*avoir* pas faim; Dieu *faire* qu'il *venir*! attendez jusqu'à ce que je *revenir*; il faisait si chaud qu'il *mourir*.

16. Ajoutez les prépositions : résolu...exécuter son projet, il essaya... enfuir, résigné...être lâche; il commence...se taire, puis il est forcé...partir, hésitant...insister davantage; il vaut mieux travailler que...mourir, vous ferez bien...vous en souvenir; fou...épouvante; le revolver...poing; coup...coup ;...temps... temps; des cris...huit tons.

17. Faites des phrases avec les verbes *essayer, chercher, daigner, dédaigner,* suivis d'un infinitif.

18. *C'est bon. C'est le 22 octobre. Il est bon de savoir lire. Il est bon que nous y allions.* Quelle est la règle pour l'emploi de *c'est* et *il est*? En vous souvenant de la règle, achevez les expressions :...trois heures et...le 18 juillet ;...agréable d'arriver à bon port ;...un long voyage mais...fini; maintenant,...à espérer que nous ferons encore des voyages.

LEXIQUE

DES MOTS LES MOINS USITÉS

un aboiement, a barking
un abri, a shelter
  abruti, degraded, stupefied
  accablé, overwhelmed
  accrocher, to hook up
  accroupi, squatting, crouching, huddled
  l'acharnement, m. desperation
  l'acier, m. steel
  s'adosser, to put one's back against
  s'affaisser, to find the knees giving way, sink, succumb
  affamé, famished
un affolement, a panic, terror
un agenda de commerce, a business note-book
  s'agenouiller, to kneel down
  s'aggraver, to become worse
  agoniser, to be dying, go through the death-agony
un ahurissement, m. a bewilderment
un aïeul, a grandfather, old man
une aigreur, sharpness, harshness
une aiguille, a hand of a clock
  d'ailleurs, besides, moreover
  aîné, elder
  l'airain, m. bronze
les alentours, m. the neighbourhood, outskirts
un aliment, food, nourishment
  allègre, cheerful, lively
  aller à, to suit
  s'alourdir, to grow heavy
une alternance, an alternation
un amateur de, one fond of
une amertume, a bitterness
  amorcer, to bait
  anéantir, to destroy, annihilate
une angoisse, a pang, anguish, intense anxiety

un antiquaire, a dealer in antiques
se remettre d'aplomb, to recover one's self-possession; rudement d'aplomb = awfully smart
une apparition, an appearance
un mur d'appui, parapet, retaining wall
  appuyer contre, to lean against
un arbuste, a shrub
une armoire, a cupboard
  arquer, to arch, bow, bend
  arrêter, to stop, fix, define
une artère, an artery
un asile, a refuge, shelter, asylum
  asservir, to enslave
une assiette, a plate
  assombrir, to darken
  s'assoupir, to grow drowsy
  assourdissant, deafening
  'asticoter,' to 'rag,' tease
un âtre, a hearth
  attardé, belated
  atteindre, to reach
une atteinte, an attack, injury
  atteler, to put in the horses
  l'attendrissement, m. emotion (of sympathy or pity)
  atterrer, to depress, astound
  attester, to bear witness
courir au-devant de, to run to meet
une aurore, a dawn
  autrefois, in former times
un auvent, a shutter, screen
  avaler, to swallow
  l'avant-veille, f. the day but one before, two days before
  en avoir à, to 'go for,' mean it for
un avoué, a solicitor

un bahut, a chest
  bâiller, to yawn

baiser, to kiss
un balancier, a pendulum
balbutier, to stammer
une baleine, a whale
une balle, a bullet, ball
banalement, in a commonplace way
une barbe, a beard
un barragiste, a lock-keeper
jouer aux barres, *f.* to play prisoners' base
une barrière, a garden-gate
un battant, a folding door, door; les deux battants = the two sides (of a double door or French window)
battre la semelle, to stamp the feet
bavarder, to chatter
béant, open-mouthed
bégayer, to stammer out
bêler, to bleat
bénin, mild, slight
une béquille, a crutch
une berge, a steep bank
un berger, a shepherd
le bétail, cattle
bête, stupid
une bêtise, a silly thing, foolishness
un bibelot, a trinket
une bibliothèque, a library
le bien, good, welfare, property
bizarre, odd, unusual
blaguer, to banter, chaff, humbug
une blessure, a wound
un bœuf, an ox
une bonne, a maid-servant
un bosquet, a shrubbery
un bouc, a buck, he-goat
un boucher, a butcher
boucher, to stop up
un bouchon, a stopper
bouffi, swollen, puffed up
bouger, to move, budge
une bougie, a candle
une bouillie, a stew
un bouillon, broth, clear soup
un boulanger, a baker
bouleversé, in disorder
bouleverser, to upset
un bourdonnement, a humming, buzzing, murmur
les bourgeois citadins, *m.* the good people of the town
une bourrasque, a squall

un bourreau, an executioner
une bousculade, a hustling, 'scrum'
une boutique, a shop
un braconnier, a poacher
braillard, brawling
un brasier, a brasier, furnace
une brasserie, a beer-house
une brème, a bream
briller, to be lighted up
un brisant, a breaker
un brocanteur, a dealer in curiosities
le bromure, bromide
broncher, to stir, stumble
les broussailles, *f.* brushwood
brûler, to burn
une brume, a mist
bruyant, noisy
une bûche, a log
un bûcher, a mass of flames, holocaust
un bûcheron, a wood-cutter
un buffle, a buffalo

une cachette, a hiding-place
un cachot, a cell
un cadavre, a corpse
un cadeau, a gift
un cadenas, a padlock
un cadran, a dial
une campagne, a country-side
un canapé, a settee, couch
un canon, a gun-barrel
un canotier, a boating-man
une carafe, a water-bottle
carré, square
un carton, a card, cardboard
une casque, a helmet
une catapulte, a catapult
un cauchemar, a nightmare
en cause, indicted
une cave, a cellar
un caveau, a vault, cellar within a cellar
un ceinturon, a belt
cependant, however
un cerf, a stag
cerner, to surround
la chair, flesh
une chaise, a chair
chamarré de, bedecked with, 'rigged out' in
un chameau, a camel
une chape, a cope
une charmille, a summer-house, 'walk' (of trees)

une charnière, a hinge
la chasse, hunting
la chaussure, boots, shoes, foot-wear
un chef d'accusation, a count, indictment
une cheminée, a mantelpiece
un chêne, an oak
une chèvre, a goat
une chimère, a chimera, vain imagining
chiper, to 'sneak,' 'bag'
une chouette, an owl
chouette, 'ripping'
un christ, a statue of Christ
le clair de lune, moonlight
clairsemé, few and far between, thinly sown
clairvoyant, clear-sighted
clapoter, to splash
la clarté, brightness, light
un clavier, a key-board
un clocher, a steeple
un clocheton, a bell-turret
une cloison, a partition
une clôture, a fence, enclosure; un mur de clôture = an enclosing wall
un cocher, a coachman
la colère, anger
coller, to stick, glue
une colline, a hill
une colombe, a dove
le comble, the summit, height; pour comble = to crown all, as a last straw
un commerçant, a business-man, person in trade
un commissaire, a police-super-intendent
comparaître, to appear
une concierge, doorkeeper, porter (of building let in flats)
la confiance, confidence
confier à, confide to, rely on
constater, to confirm, establish, state
se constituer prisonnier, to give oneself up to the police
contenir, to restrain
contourner, to twist
un contrevent, a shutter
la contrôle, control, examination
un convoi, a train (of boats)
un corbeau, a crow

une corbeille de fleurs, a (round) flower-bed
un cordon, a cord, shoe-lace
une couche, a layer
un coude, an elbow
le coudoiement, elbowing
un coup de feu, a shot
un coupé, a brougham
une cour d'assises, an assize court
au courant de, informed about
courbaturer, to cramp
une courbe, a curve, bend
courbé, bent, crooked
une course, a course, errand; des courses = shopping
un coussin, a cushion
le coutil, duck
la crainte, fear
un crampon, a brace, 'sticker'
un crépitement, a crackling
une crevasse, a crevice, chink
crever, to burst, collapse
crier, to shout
crisper, to give spasms; se crisper = to twitch
un croissant, a crescent, young moon; le croissant du Sabbat—see Ex. 15
une crosse, a butt-end (of a gun)
crossé, beaten, spurned, abject
une croûte, a crust
cueillir, to pick, gather
cuire, to cook
cuisant, poignant, smarting
une cuisse, a thigh
le cul, the behind
culbuter, to tumble, knock over
une culotte, a pair of knickerbockers
une culture, a farm
une cuve, a vat

un damné, a lost soul
se dandiner, to waddle
un dé (à coudre), a thimble (for sewing)
débarrasser, to get rid of
se débattre, to struggle
déblayer, to clear, free
debout, standing up
déchirant, heart-rending
déchirer, to tear
être décoré, to receive the cross of the Légion d'Honneur
décrocher, to unhook
en dedans, inwardly, within themselves

une **défaillance**, a failure, omission
défaillir, to faint
défiler, to file off, pass by
défoncé, staved in, broken up
en **dehors**, outwardly, out of themselves
déjeûner, to lunch
délayer, to steep, dilute
délier, to unbind, unfasten
une **démarche**, a step, proceeding
la **démence**, madness
démesuré, boundless, limitless
démesurément, exceedingly, beyond measure
une **demeure**, a dwelling, house
démodé, out of fashion, superannuated
démonté, dismounted, unhorsed
dénoncer, to inform against, declare, reveal
la **dentelle**, lace, piece of lace
une **dépêche**, a telegram
déraciner, to uproot
dès que, when, as soon as
desceller, to unfix
désolé, dejected, downcast
se **dessiner**, to stand out, loom out
prendre le **dessus**, to get the upper hand
se **détendre**, to relax
déterminer, to occasion, cause
les **détours**, *m.* recesses; au **détour** de = at the turning in
détruire, to destroy, ruin
dévaliser, to rob, strip
disparaître, to disappear
une **disparition**, a disappearance
distraire, to divert, distract
dithyrambique, dithyrambic, wildly enthusiastic
dompter, to tame, subdue
une **douche**, a shower-bath
doué de, endowed with
un **dragon**, a dragoon
le **drap**, cloth
se **dresser**, to rise
le **droit**, law
une **drôle** de sorcière, a rascal of a witch
une **dune**, a sand-hill

un **ébauché**, a rough draft, first sketch
un **ébéniste**, a cabinet-maker
ébranler, to shake
écarquiller, to open wide
écarté, remote, wide apart

échapper, to escape
une **échasse**, a stilt
éclabousser, to splash
s'**éclaircir**, to clear up, grow brighter
éclairer, to reconnoitre
un **éclaireur**, a scout
éclatant, splendid
éclater, to split, burst open
s'**écouler**, to pass by
écraser, to crush
un **écueil**, a rock, reef
une **écumoire**, a skimmer
s'**effarer**, to get scared
effilé, slender, tapering
effleurer, to skim, touch ever so lightly
s'**égarer**, to wander, go astray
un **élan**, a bound, impetus, speed
un **éloge**, a eulogy, praise
embaumer, to perfume, scent
s'**embrouiller**, to get confused, get in a muddle
une **émeute**, a revolt
s'**emparer** de, to take possession of
empêcher, to prevent
emplir, to fill
emporté, mad about; un cheval emporté = a runaway horse
emporter, to carry away
emprunter, to borrow
ému, touched, moved
un **endroit**, a place, spot
enerver, to enervate
s'**enfoncer**, to sink, be engulfed, stave in
engager, to urge; s'**engager** dans = to make one's way into
s'**engloutir**, to be swallowed up
engourdi, benumbed, torpid
une **enjambée**, a stride
enjamber, to step over
une **enquête**, an inquiry
ensevelir, to bury
entasser, to heap up
enterrer, to bury
entourer, to surround
les **entrailles**, *f.* the inside, stomach
entrebâiller, to open a little
battre un **entrechat**, to cut a caper
sur ces **entrefaites**, *f.* meanwhile, in the midst of all this
entr'ouvrir, to half open
épaissir, to thicken, increase
l'**épargne**, *f.* saving, thrift

s'éparpiller, to be scattered, dissipated
éperdu, desperate, mad
un épicier, a grocer
épier, to spy upon
épouser, to marry
une épouvante, a horror, terror, fright
une épreuve, an experiment, test
éprouver, to feel, experience
esclave, enslaved
espacé, set at intervals
essayer, to try
essoufflé, blown, breathless
essuyer, to wipe
un étage, a floor, storey
s'étaler, to spread out
s'éteindre, to be extinguished, go out
étendre, to extend, stretch
une étoffe, a stuff, material
étouffer, to stifle
étranger, foreign, alien
être bien, to be well, happy, comfortable
étreindre, to grip hold of, grasp
s'évanouir, to faint
un éveil, an alarm
s'éveiller, to wake
éventrer, to tear open
s'exalter, to grow excited
exorciser, to exorcise, drive out
une expérience, an experiment
expérimenter, to experiment, try, suggest
extasié, in ecstasies
exténué, exhausted, worn out

se fâcher, to get angry
factice, factitious, imaginary
faillir, to fail; faillir tomber = almost to fall
faire semblant, to pretend; faire bon = to be fine; faire les frais = to be the cause of; faire des grâces = to bow
une falaise, a cliff
falot, grotesque
une fantasmagorie, a phantasmagoria, a shifting scene of imagined figures
un fardeau, a burden
un farfadet, a goblin
un fauteuil, an easy-chair
une faux, a scythe
une fée, a fairy

fendre, to split
une fermeture, a fastening, something which shuts in
feuilleter, to turn over the pages
un fiacre, a cab
ficeler, to fasten with string, bind
une figure, a face
filer, to spin
un filet, a thread, fibre
fin, refined, exquisite, subtle, clever
flamboyant, flaming, resplendent
une flaque, a pool, sheet
une flèche, an arrow, spire
un flot, a flood, wave
folâtre, skittish, playful
la folie, madness
le fond, the depth, bottom
fondre, to melt
une fonte, a melting, casting; de fonte = cast-iron
un fossé, a ditch
une fouine, a pole-cat
une foule, a crowd
un four, an oven
une fourmi, an ant
une fournaise, a furnace
un fourré, a thicket
un foyer, a hearth, centre, seat
une fraise, a strawberry
les francs-tireurs, m. irregular troops
frêle, fragile, slender
frémir, to tremble
un frémissement, a tremor, rustling
frénétique, frenzied
un frisson, a shudder
une friture, a dish of fried fish
frôler, to graze, haunt
le front, the forehead
frotter, to rub
un fusil, a rifle

une gaffe, a boat-hook
une gaine, a sheath, case
gambader, to gambol
un vieux garçon, an old bachelor
garrotter, to garotte, bind
un gazon, a grass-plot, turf
gémir, to groan
la gêne, embarrassment, annoyance
le genre, the kind
germer, to spring up, sprout
une gifle, a clout, smack
une girouette, a weather-cock
un glaive, a sword

glisser, to slip
un glouglou, a gurgling
une goëlette, a schooner
gonfler, to swell, inflate
la gorge, the throat
une gouffre, a gulf, deep pool
un goujon, a gudgeon
le goût, taste, sense of tense
une goutte, a drop
une gouttière, a roof-spout
la graisse, fat
grandir, to grow up
gras, fat, swollen
gravir, to mount, climb
grêle, slender
grelotter, to shiver
un grenier, a granary, garret
une grenouille, a frog
une grille, an iron railing
grimper, to climb
gros, stout
le gros, the main body
grossier, gross, coarse
grouiller, to seethe, swarm
une guenon, a monkey
guérir, to cure
un guerrier, a warrior
guetter, to spy upon, watch for
la gueule, the mouth, jaws
gueuler, to bellow, bawl
un gueux, une gueuse, a rascal, 'bad lot'

(Article défini devant H aspirée, indéfini devant H muette)
la haie, the hedge
la haine, hatred
une haleine, a breath
haleter, to pant
hanter, to haunt
la hantise, the haunting thing, intercourse
harcelé, harassed, distressed
harceler, to nag
une herbe, a herb, grass
hérissé, bristling
hérisser, to make stand on end
heurter, to bump, bang against, knock at
honteux, ashamed
le hoquet, the hiccup
une horloge, a clock
une huile, an oil
le huis (autrefois, l'huis), the door
une huître, an oyster

immaculé, spotless
immuable, unchangeable
une impulsion, a prompting, urging, impulse
inattendu, unexpected
inconnaissable, unknowable, incomprehensible
indicible, unspeakable, unutterable
inébranlable, immovable, unflinching
infime, lowest, infinitesimal, very small
insister, to persist
insolite, unaccustomed, unusual
insoupçonnable, above suspicion, unimpeachable
insoutenable, insupportable, insufferable, that cannot be borne, or defended
invraisemblable, unlikely, 'impossible'

jadis, formerly, in old days, long ago
jaillir, to leap forth, gush out
jaune, yellow
un jeu, a game
jouer aux barres, to play at prisoners' base
un jouet, a plaything
une jupe, a skirt
un jupon, a petticoat
jurer, to swear
le jus, juice
au juste, exactly

lâche, base, slack, cowardly
lâcher, to let go, relax
une lacune, a lacuna, omission
'lancicoter,' to badger, nag
un lapin, a rabbit
le lard, bacon
las, weary, tired
un laurier, a laurel-tree
la lecture, reading
une liane, a climbing plant
un libraire, a bookseller
un lien, a bond
lier, to bind
un lièvre, a hare
une lingère, a sewing-maid
un linteau, a lintel
livrer, to deliver
la localisation, the situation

une **locution**, a turn of speech, expression
un **logis**, a house, lodging
lointain, remote
le **long** de, along
un **loup**, a wolf
une **lueur**, a glow
luisant, shining
un **lustre**, a chandelier
une **lutte**, a struggle, conflict

une **mâchoire**, a jaw
maçonné, of masonry
un **magasin**, a shop
une **maison de ville**, a town-hall
un **mal**, an evil, malady
une **malaise**, an indisposition, sickness, uneasiness
malgré, in spite of
malheur à, woe to
malin, malicious, wicked
la **mangeaille**, food, victuals, 'grub'
une **mansarde**, an attic
marchander, to bargain for, haggle
une **marche**, a step
une **marée**, a tide
un **mari**, a husband
une **marmite**, a pan
un **massif**, a clump
un **matelas**, a mattress
mêler, to mix
un **membre**, a limb
mener, to lead
un **menteur**, une menteuse, a liar
mentir, to tell a lie
un **menuet**, a minuet
un **mercier**, a haberdasher
mesquin, mean
à mesure que, as, in proportion as
mettre au frais, to put to cool;
mettre en branle = to set going, put in movement
un **meuble**, a piece of furniture
meurtrir, to bruise
une **milice**, a militia
un **milieu**, a centre, surroundings
la **mine de plomb**, black-lead
le **mobilier**, furniture
la **moelle**, marrow (of the bones)
moelleux, soft, downy, rich
un **moine**, a monk
une **moitié**, a half
un **molosse**, a watch-dog
mordre, to bite

morne, dreary, sad
mou, soft, slack
mouillé, wet
la **mousse**, moss
la **mousseline**, muslin
mousseux, mossy, sparkling, foaming
mugir, to roar

nager, to swim
naïf, simple
une **nappe d'eau**, a sheet of water
nauséabond, nauseating, loathsome
un **navire**, a ship
navrant, heart-breaking
net, clean, clear
nez à nez, *m.* face to face
niais, senseless
une **niche à poisson**, a nest for fishes
nier, to deny
un **noctambule**, a sleep-walker
le **nommé**, the person named
norvégien, Norwegian
un **notaire**, an attorney
un père **nourricier**, a nourishing father. foster-father
nourrir, to feed, nourish
la **nourriture**, food
noyer, to drown, bury, swallow up
un **nuage**, a cloud
une **nuance**, a tint, shade

obséder, to obsess, preoccupy
occulte, hidden, occult
un **octroi**, a toll-house (on the town-boundary)
l'**odorat**, *m.* sense of smell
l'**œsophage**, *m.* œsophagus, gullet
un **oignon**, an onion
ombrager, to shade
une **ombre**, a shade
ondoyer, to flutter
un **ongle**, a finger-nail
opprimer, to oppress
une **ornière**, a rut
osciller, to oscillate, shake
oser, to dare
un **outil**, an implement, tool
en **outre**, besides
ouvragé, sculptured

pâli, pallid, gray
palper, to feel
un **papillon**, a butterfly

une **parcelle**, a particle
un **parent**, a relative
parer, to deck
un **parquet**, a floor, the office of the public prosecutor
un **parterre** de fleurs, a flower-bed; un parterre de rosiers = a rose-bed, rose-garden
partout, everywhere
parvenir à, to succeed in
passager, temporary, transient
une **pâtée**, mince-meat (for cats or dogs)
à quatre pattes, *f.* on all fours
une **paupière**, an eyelid
un **pavillon**, a flag
la **peau**, the skin
la **pêche**, fishing
un **pécheur**, a fisherman
une **pelle**, a shovel
un **peloton**, a squad
une **pépinière**, a nursery
une **perche**, a pole
perclus, crippled
les **persiennes**, *f.* outside shutters
une **perspective**, a prospect
perspicace, perspicacious
une **perte**, a loss; à perte de vue = as far as the eye can reach
pesant, weighty
peser, to weigh
un **pétard**, a cracker
un **peuple**, a people, throng
peupler, to people
un **pharmacien**, a chemist
pi = puis, then
une **pièce**, an apartment, room
un **piétinement**, a stamping
piétiner, to trample on
une **pieuvre**, an octopus
piller, to pillage
un **pincement** au cœur, a twinge at the heart, heart-ache
pincer, to 'collar,' 'drop on'
une **pioche**, a pick-axe
piquer, to peck, sting
une **piqûre**, a sting
pivoter, to pirouette
une **place-forte**, a fortified town
un **plafond**, a ceiling
une **plainte**, a lamentation, complaint
une **planche**, a plank
plaquer, to superimpose
plat, flat
un **platane**, a plane-tree

une **plate-bande**, a border, narrow flower-bed
à pleines mains, full in one's hands
pleurer, to weep
un **plombier**, a plumber
plonger, to dive
un **poids**, a weight
le **poil**, hair (of beard, or animal)
un **poing**, a fist
à pointe, *f.* spiked
la **poitrine**, the breast, chest
un **pommeau**, a knob
un **porte-feuille**, a letter-case
un (jardin) **potager**, a kitchen-garden
manger sur le **pouce**, to take a snack, eat hurriedly
le **pouls**, the pulse
un **poumon**, a lung
une **poupée**, a doll
pourri, rotten
pourtant, however
une **poussée**, a thrust, impetus, driving
poussif, pursy, short-winded, stout
au **premier** (étage), on the first floor
prendre son élan, to take one's run; prendre son parti = to make up one's mind
présenter, to introduce
pressé, in a hurry
pressentir, to have a presentiment of
un **prestidigitateur**, a conjurer
prétendre, to assert
prêter, to lend
prévenir, to inform
un **prévenu**, an accused person
un **principe**, a principle
proche, near
propret, trim, neat
la **province**, 'the provinces'
une **prune**, a plum
le **pugilat**, boxing

une **racine**, a root
raide, stiff, steep, 'nasty'
raidir, to become stiff
ralentir, to slacken, go slow
râler, to give the death-rattle, roar
ramper, to crawl
une **rangée**, a row
ranimer, to revive
rare, scanty
au **ras** de, on a level with

LEXIQUE

se **raser**, to shave oneself
rauque, hoarse, raucous
ravi, delighted
ravissant, delightful
une **recette**, a recipe
réclamer, to claim, ask for
en **reconnaissance,** *f.* reconnoitring
se **reculer**, to draw back
à **reculons**, walking backwards
une **redingote**, a frock-coat
redoutablement, dreadfully, formidably
redouter, to dread
redresser, to draw up
un **reflet**, a reflection
sans **relâche,** *f.* without stopping
relâcher, to relax
se **relayer**, to relieve each other
relier, to join, bind
remettre, to set up again, cure
remeubler, to refurnish
un **remorqueur**, a tug
remuer, to move
un **renard**, a fox
l'air **rendu**, looking 'knocked up'
un **renseignement**, a piece of information
rentrer, to go home, go in again, re-enter
renverser, to overturn
se **replier**, to fall back
repu, satiated
respirer, to breathe
un **ressort**, a spring
un **reste**, a remainder, remnant
un **retour offensif**, a counter-attack
un **retrou**, a hole within a hole
un **revenant**, a ghost
une **révérence**, a bow
un **rêveur**, a dreamer
un **rez-de-chaussée**, a ground-floor
ridé, wrinkled
rigoler, 'to have a lark'
une **rive**, a bank, border
river, to rivet
un **rocher à poissons rouges**, a fountain for gold fish, running over rocks
rôder, to prowl, roam
une **ronce**, a bramble
un **ronflement,** a humming, rumbling, snoring
une **rosse**, 'a brute'
un **rouet**, a spinning wheel
rouvrir, to open again

rudement, awfully, 'and no mistake'
ruisseler, to stream

le **Sabbat**, witches' midnight meeting
le **sable**, sand
un **sage**, a wise man
saignant, bleeding
un **sanglot**, a sob
une **sangsue**, a leech
sanguinaire, bloodthirsty
la **santé**, health; une maison de santé = a private asylum
saoul (ou 'soûl'), drunk
un **saucisson**, a sausage
un **saule**, a willow
un **saut**, a leap, start
sautiller, to skip, hop
se **sauver**, to run away, be off
savamment, learnedly, scientifically, cunningly
savant, learned
une **savate**, a bedroom-slipper
le **savoir-vivre**, good behaviour, manners
la **scène**, the stage
un **scintillement**, a twinkling, sparkling, scintillation
une **séance**, a sitting, entertainment; séance tenante = before rising, on the spot
sèchement, drily, dully, harshly, poorly
une **secousse**, a shock, shake, jolt
un **séjour**, a stay, abode, haunt
une **semelle**, a sole
semer, to sow
un **sentier**, a foot-path
sentir, to feel, smell
une **serrure**, a lock
un **serrurier**, a locksmith
un **seuil**, a threshold, door-step
sévir, to rage
un **siècle**, a century
un **siège**, a seat, siege
le **sieur**, Mr
siffler, to whistle
une **simagrée**, a grimace
un **soin**, a care, attention, affection
le **sol**, the soil
sombrer, to sink, founder
un **sommeil**, a sleep
un **somnambule**, a sleep-walker, somnambulist

sonder, to probe, sound
un songe, a dream
un sort, a spell, fate
un sortilège, a spell, charm, witch-
craft
un sot, a fool
une souche, a stump, stock
un souffle, a breath
un soulagement, a relief
un soûlot, a tippler
soumis, submissive
un soupçon, a suspicion
un soupirail, an air-hole
la souplesse, suppleness, ease
sournois, sly, 'deep'
un sous-officier, a non-commissioned
officer
subir, to come under, be affected
by, undergo
la sueur, sweat
par la suite, in due time
une supercherie, a fraud, deceit
suppléer à, to make up for
supplicier, to torture, execute,
put to death
sûr, sure, certain
suraigu, shrill, piercing
la sûreté, safety
un sursaut, a start
surveiller, to superintend, watch
over
suspect, suspicious
svelte, graceful, slender, delicate
une syncope, a fainting-fit

le tabac d'Espagne, Spanish (very
dark) tobacco
un tabernacle, a shrine
un tabouret, a stool
une tache, stain, spot
tâcher, to try
la taille, the cut, shape, figure
le tain, silvering
se taire, to keep silent
un talon, a heel
un tambour, a drum, drummer
une tanière, a den
tantôt, immediately; tantôt...
tantôt = at one time...at another
tapé, smart, 'slap-up'
taper, to pat, slap
tapi, squatting, crouching
un tapis, a carpet
la tapisserie, tapestry, needlework
un tapissier, an upholsterer

tarder, to delay
tâter, to feel
la teigne, scab (skin-disease),
'sticker'; tenir comme une
teigne = to stick like glue
tellement, so, so much
le témoignage, evidence, testimony
un témoin, a witness
la tempe, the temple
les ténèbres, f. darkness
se tenir debout, to stand up
une tentative, an attempt
terne, dull
un terrier, a burrow
la théogonie, theogony, genealogy
of the gods
tiède, tepid, cool
un tiers, a third part
une tige, a stalk, stem
tirailler, to keep firing away,
beset, harass
tirer, to shoot, draw
une toison, a fleece
un toit, a roof
tordre, to twist
tordu, spiral, twisting
tortiller, to twist, wriggle
une touche, a note (of the piano)
touffu, bushy
une toupée, a top
à double tour de clef, doubly locking;
à tour de rôle = in turns
un trafiquant, a dealer
une traînée, a trail, vein
une trappe, a trap-door
se trémousser, to frisk about, keep
moving about
tremper, to steep, drench
tripoter, to make a mess of
un trois-mâts, a three-master
un trou, a hole
le trouble, confusion, difficulty,
upset
troubler, to upset, perturb
trouer, to make holes in, riddle
un trousseau de clefs, a bunch of
keys
un tuyau, a tube, pipe; le tuyau de
la cheminée = the flue

une vague, a wave
une vareuse, a pea-jacket
un vautoir, a vulture
un veau, a calf
une veille, a vigil, day before

veiller, to be awake, see to
le **ventre**, the stomach, abdomen
vérificateur, examining
un **ver-luisant**, a glow-worm
un petit **verre**, a little glass (of liqueur)
un **verrou**, a bolt
verser, to pour
un **vestibule**, a hall (of a house)
une **veuve**, a widow
la **viande**, meat
vibrant, quivering
vide, void, empty
la **vie sauve**, to spare his life
un **vieillard**, an old man
une **vieille**, an old woman
les **vieilleries**, *f.* old rubbish
une **vierge**, a virgin
vif, vivid, lively

un **vitre**, a window-pane
un **vivant**, a living being
une **voie**, a way, road
un **voile**, a veil
un **vol**, a robbery, theft, flight
le **volant** de fer, the iron pump-wheel
la **volonté**, the will, wish
volontiers, willingly, with pleasure
voltiger, to hover, flutter
la **volupté**, pleasure, luxury
une **voûte**, a vault, vaulting
voyons! come!
vu que, seeing that

un **zingueur**, a zinc-worker

For EU product safety concerns, contact us at Calle de José Abascal, 56–1°, 28003 Madrid, Spain or eugpsr@cambridge.org.

www.ingramcontent.com/pod-product-compliance
Ingram Content Group UK Ltd.
Pitfield, Milton Keynes, MK11 3LW, UK
UKHW012333130625
459647UK00009B/254